W0467472

»Wenn man noch einmal von vorn anfangen könnte...« Maria Nurowska erzählt die Geschichte zweier Menschen, die einander liebten, zueinander paßten und doch nicht zusammenblieben. Stefan, der im Nachkriegspolen eine glänzende Parteikarriere machte, später aber von der politischen Entwicklung überholt wurde und nun, Mitte der achtziger Jahre, einsam und zurückgezogen lebt, ist der Repräsentant einer verlorenen Generation. Alt und vereinsamt, hat er die Erinnerung an alle Stationen seines Lebens erfolgreich ausgeblendet. Da erhält er mit der Post die Tagebücher seiner gerade verstorbenen ersten Frau Wanda. Zögernd beginnt er die Notizen zu lesen, und plötzlich wird das Vergangene wieder lebendig.
Diese Tagebuchaufzeichnungen, die 1945 beginnen und bis in die achtziger Jahre reichen, bilden den Hauptteil des Romans. Aus ihnen erfahren wir die Liebesgeschichte der beiden und die Lebensgeschichte Wandas nach ihrer Trennung, und wir entdecken gleichzeitig mit Stefan, was er zu vergessen versucht hatte: Wanda war ein schlichter, warmherziger und liebenswerter Mensch und war ihm bis zum Ende ihres Lebens innerlich aufs engste verbunden. Schmerzlich erkennt Stefan, was er aus Trägheit des Herzens und mangelnder Zivilcourage aufgegeben hat, und er entdeckt all die verpaßten Chancen für ein anderes Leben, ein Leben voller Zuneigung und privatem Glück.

Maria Nurowska lebt als freie Schriftstellerin in Warschau. Seit Mitte der siebziger Jahre veröffentlichte sie zahlreiche Romane und einen Band mit Erzählungen. Im Fischer Taschenbuch Verlag erschienen ihre Bücher ›Briefe der Liebe‹ (Band 12500), ›Postscriptum für Anna und Miriam‹ (Band 10309) und ›Spanische Augen‹ (Band 13194), im S. Fischer Verlag wurden außerdem ihre Romane ›Ehespiele‹ und ›Jenseits ist der Tod‹ veröffentlicht.

Maria Nurowska

EIN ANDERES LEBEN GIBT ES NICHT

Roman

Aus dem Polnischen von
Albrecht Lempp

Fischer Taschenbuch Verlag

Die Frau in der Gesellschaft
Herausgegeben von Ingeborg Mues

Veröffentlicht im Fischer Taschenbuch Verlag GmbH,
Frankfurt am Main, August 1997

Lizenzausgabe mit freundlicher Genehmigung des
S. Fischer Verlags, Frankfurt am Main
Die polnische Originalausgabe erschien
unter dem Titel: ›Innego życia nie będzie‹
im Verlag PIW, Warschau
© Maria Nurowska, 1987
Für die deutschsprachige Ausgabe:
© S. Fischer Verlag GmbH, Frankfurt am Main 1994
Druck und Bindung: Clausen & Bosse, Leck
Printed in Germany
ISBN 3-596-13615-6

Gedruckt auf chlor- und säurefreiem Papier

EIN ANDERES LEBEN
GIBT ES NICHT

Ich bin völlig unschuldig. Völlig, dachte er, als er sich mühsam aus dem Sessel erhob. Es fiel ihm zusehends schwerer, sich in dem Zimmer und der kleinen Küche zu bewegen. Die Wohnung, das war auch so ein Fehler gewesen. Man hatte ihm diese hier, im dritten Stock, und eine etwas interessantere Erdgeschoßwohnung zur Wahl gegeben. In der anderen war die Küche geräumiger gewesen, aber der Flur eng und dunkel, und kaum daß man eintrat, mußte man gleich Licht machen. Und dann war sie auch weiter von der Innenstadt entfernt. Er hatte niemanden, mit dem er sich hätte beraten können, ganz allein mußte er die Entscheidung treffen. Er hatte die hier gewählt, näher am Łazienki-Park. Die dritte Etage hatte ihn zwar schon damals beunruhigt, obwohl es ihm gesundheitlich noch recht gut ging. Jetzt aber wurde das Treppensteigen, das er mehrmals täglich absolvieren mußte, zu einer Qual. In letzter Zeit war er bemüht, jeden Tag nur noch einmal auszugehen. Doch nicht alles ließ sich vorhersehen. Gestern hatte er auf den Briefträger gewartet, der ihm seine Rente bringen sollte, aber heute war er weggegangen, um Einkäufe zu machen, und als er zurückkam, hatte er die Benachrichtigung vorgefunden, daß ein Brief für ihn aus Amerika bei der Post lag. Diesmal also wegen eines Briefs. Wenn es ein Paket gewesen wäre, hätte er ruhig bis morgen warten können, aber ein Brief, das war etwas Neues. Um so mehr, als die Telefongespräche, die er in letzter Zeit mit diesem angeblichen Sohn in Amerika geführt hatte, überhaupt keinen Sinn ergaben.

Er war schon alt. Selbst wenn das sein Sohn sein sollte, dann bedeutete das gar nichts.

Was hatte er sich nur damals gedacht, als er vom Weg abgebogen war und in diesem verdammten Pfarrhaus vorbeigeschaut hatte. Es war ein Fehler gewesen. Ein großer Fehler. Überhaupt hätte er Wanda nicht heiraten sollen, aber wenn man erst Mitte Zwanzig ist, macht man schließlich Dummheiten. Und er hatte eine Dummheit begangen. Mama hatte völlig recht gehabt: Diese Ehe war der reinste Blödsinn, von A bis Z. Mama hatte die Fähigkeit gehabt, alles vorherzusehen, nur einmal, da hatte sie ein wenig übertrieben, doch das ließ sich verstehen. Es ging um die Zukunft ihres Sohnes. Da war es nur normal, daß sie sich engagiert hatte.

Es hätte gut sein können, daß Wanda einen anderen gehabt und es nur aus Angst vor der Tante nicht zugegeben hatte. Lieber schob sie ihm die Schuld zu. Die Schuld oder meinetwegen die Verantwortung, denn von Schuld kann man wohl nicht sprechen, wenn ein Kind zur Welt kommt. Das Tantchen war auch nicht schlecht. Sie hatte alles daran gesetzt, Wanda und ihn wieder zu versöhnen. Zuerst hatte sie ihn mit dem Likör des Pfarrers betrunken gemacht und dann eigenhändig die Couch hergerichtet. Im Grunde hatte sie ihm Wanda ins Bett gedrängt. Von allein wäre die nie darauf gekommen. Sie hatte nur in der Ecke gesessen und ihn wie ein Bild angestarrt. Immer hatte sie ihn so angeschaut. Das hatte ihn irritiert, gleichzeitig aber auch erregt. Der Gedanke, daß er gleich seine Hand in den Schlüpfer dieses gottesfürchtigen Mädchens schieben und zwischen den Fingern ihre pulsierende Feuchtigkeit spüren würde, hatte ihn sofort bereit werden lassen. Er wußte, daß auch sie danach verlangte, sich aber gleichzeitig furchtbar schämte. Es war ihre Scham gewesen, die ihn wohl am meisten in Erregung versetzte. Er schälte ihren weißen Körper aus den Kleidern, und alles in ihm richtete sich auf und belebte sich. Eigenartig. Er hatte in seinem Leben so viele Frauen gehabt, einige von ihnen hatte er sogar geliebt, doch nie hatte er ein solch tierisches Verlangen verspürt. Er hatte sich auf die Ellbogen gestützt und ihr befohlen, ihn anzuschauen. In ihren Augen war etwas gewesen, das ihn fast um den Verstand gebracht hatte. Während er immer tiefer in sie eingedrungen war, hatte er ihre großen, zur Seite überquellenden Brüste mit den Händen umfangen und sich nicht um ihr leises Bitten und Flehen, das sich in ein schmerzvolles Stöhnen verwandelte, gekümmert. Er wußte nicht, was mit ihr geschah. Sie hatten nie darüber gesprochen. Nur einmal, als sie betrunken war, hatte sie gesagt, daß es ihr bei seinem Anblick immer ganz feucht zwischen den Schenkeln würde. Ihre Orgasmen erlebte sie anders als sonst die Frauen. Sie zuckte nicht hin und her, stieß keine Schreie aus, sie schloß nur die Augen. Daran hatte er es immer gemerkt. Hätten sie sich im Dunkeln geliebt, dann hätte er sich nicht sicher sein können, denn sie war immer schon ganz naß gewesen, wenn sie ihn empfangen hatte.

Diese Fahrt ins Białystoker Land... Wenn die nicht gewesen wäre, hätte er überhaupt nicht daran gedacht, Wanda im Pfarrhaus zu besuchen. Ihre Tante führte dem Pfarrer dort den Haushalt. Nach der Scheidung hatte sie Wanda zu sich genommen. Tantchen mußte früher einmal eine ganz passable Erscheinung gewesen sein, alles, was man sich wünschen konnte, war bei ihr am rechten Fleck. Wanda war von ähnlicher Statur: massive Brüste und Schenkel. Mit den Jahren war sie dieser alten Pietistin bestimmt immer ähnlicher geworden. Bis zuletzt hatte sie keinen Kerl gefunden, selbst in Amerika nicht. Aber wer weiß, bei ihr wußte man nie. Sie hatte immer wenig geredet.

Es war ein Fehler gewesen, ein furchtbarer Fehler, dieser Besuch im Pfarrhaus. Morgens hatte er sich heimlich davongemacht, wie ein Dieb. Der Pfarrer und die Frauen hatten noch geschlafen. Er hatte den Fahrer geweckt, und als sie aus dem Hof fuhren, war es ihm vorgekommen, als hätte er hinter den Gardinen in einem der Fenster ein Gesicht gesehen. Doch er hatte nicht erkennen können, ob sie das war oder die Tante. Egal. Alles war egal. Wanda war ihren Weg gegangen, er den seinen. Wozu jemandem die Schuld für begangene Sünden zuschieben. Die hatten nach so vielen Jahren auch schon ihre Bedeutung verloren.

Eine Glocke läutete, und für einen Moment wußte er nicht so recht, wo er war. Ach ja, natürlich. Die Wohnung. Und darin er als Rentner.

Vor der Tür stand Michał. Enttäuschte Hoffnungen. Er hätte es einmal weit bringen sollen, aber nur mit Mühe hatte es Michał bis zum Abitur geschafft, danach war er eingezogen worden, und beim Militär hatte er seinen Beruf erlernt. Jetzt fuhr er Taxi. Mama konnte sich zeit ihres Lebens nicht damit abfinden. Das hatte an ihr genagt. Vielleicht war sie deshalb so früh gestorben. Ständig hatte sie wiederholt, daß hier das Erbe von Michałs Mutter durchgekommen sei. Wanda sei schuld, daß Michał keinerlei Ehrgeiz entwickelt habe. Dabei war der andere, der, den er nie gesehen hatte, schon in jungen Jahren Professor an einer Universität geworden, und dann noch an einer amerikanischen. Eine echte Karriere.

»Bist du mit dem Auto da?« fragte er den Sohn.

Michał nickte.

»Vielleicht könntest du mich bei der Post vorbeibringen. Ein Brief ist gekommen.«

»Wegen eines Briefs? Konnten sie dir den nicht in den Kasten werfen?«

»Amerikanische werfen sie nicht ein. Die muß man sich gegen Vorlage des Ausweises abholen.«

Im Taxi sagte Michał dann:

»Ich würde mich da nicht querlegen. Was schadet es dir? Platz ist genug im Grab.«

»Wanda und Großmutter haben sich nie gemocht.«

»Was heißt hier gemocht, nicht gemocht. Särge beißen sich nicht.«

Der Brief war in Wirklichkeit ein aufgeplatztes Päckchen, in dem sich zerfledderte Hefte befanden. Ein paar waren noch von hier, das konnte man am Papier sehen. Als er das erste Heft aufmachte, fand er einen kleinen Umschlag. Darin war ein Zettel. Er erkannte Wandas Schrift.

Es ist mein Wille, daß diese Aufzeichnungen nach meinem Tod meinem Mann Stefan Gnadecki übergeben werden sollen. Falls er als erster stirbt, sollen sie mir in den Sarg unter das Kissen gelegt werden.

Ich bitte darum, im Familiengrab der Gnadeckis in Bródno neben meinem Mann beerdigt zu werden oder dort auf ihn warten zu dürfen. Amen.

Wanda Gnadecka

Das sah ihr ähnlich. Jahrelang hatte sie geschwiegen, um ihn jetzt im Alter zu belästigen. Und wie sie sich das alles zurechtgelegt hatte. Mit seinem Namen hatte sie unterschrieben, obwohl sie nach der Scheidung wieder ihren Mädchennamen angenommen hatte.

Er nahm das erste Heft zur Hand und blätterte darin.

*

»27. Februar 1945

Heute ist mein Taufpate bei uns gewesen und hat mit den Eltern über meine Zukunft gesprochen. Was ich machen könnte. Er sagte, die Bescheinigung über die Mittlere Reife würd er versuchen, für mich zu bekommen, ich müßte nur mit ganzer Kraft lernen. Eine Arbeit als Bürokraft will er mir verschaffen, wenn ich nur keine orthographischen Fehler mach, denn dafür würd ich gleich am ersten Tag wieder rausfliegen. Maschinenschreiben soll ich auch lernen, aber das würd schnell gehen. Der Krieg wär schon bald zu Ende, und dann würden Leute in der Verwaltung gebraucht. Vater hat die Nase gerümpft, weil es ihm lieber gewesen wär, daß ich auf dem Hof bleibe, aber der Taufpate und Mama haben ihn gleich bedrängt, daß ich das richtige Aussehen und die Bildung hab (den ganzen Krieg bin ich ja zum Lehrer gegangen), und das soll jetzt alles bei schwerer Arbeit vergeudet werden.

Aber ich weiß selber nicht. Ich bin wie dieses Blatt im Wind. Hier oder dort, es ist mir gleich. Die Arbeit fürcht ich nicht, ich könnt auch zu Hause bleiben, aber wo der Taufpate es schon so entschieden hat, dann soll es so sein.«

*

Also irgendeinem Taufpaten verdankte er die Sekretärin. Im Alter von vierundzwanzig Jahren war er Wojewode in Breslau geworden, und im Grunde genommen hatte er uneingeschränkte Macht gehabt, die er nur manchmal mit dem Kommandanten der Geheimpolizei hatte teilen müssen. Der Parteisekretär, Giełas, war ein Schwächling gewesen, den man hatte manipulieren können.

Er erinnerte sich noch genau an den Tag, als Giełas ihn in den ersten Stock des Palais geführt hatte, in dem er von nun an herrschen sollte. Giełas hatte ihm die Sekretärin vorgestellt. Sie hatte keinen guten Eindruck auf ihn gemacht. Ungeschickt hatte sie sich hinter ihrem Schreibtisch erhoben, um ihm eine rauhe Hand mit Wurstfingern zu reichen. Sie hatte etwas gemurmelt und war dann gleich wieder auf ihren Stuhl gefallen, als hätte sie plötzlich die Kraft verlassen.

Die beiden Männer gingen in das Dienstzimmer.

»Alles bestens«, sagte Giełas. »Ihre Sekretärin ist überprüft worden, eine Vertrauensperson hat sie empfohlen. Und auch sonst ist sie gar nicht ohne. Mit so einer lohnt es sich sogar zu sündigen.«

Der Sekretär hatte ihm zugezwinkert, während er den Mund zu so etwas wie einem Lächeln verzog. Giełas hatte von Anfang an eine Schwäche für Wanda gehabt, vielleicht war deshalb auch Giełas selbst diese Vertrauensperson gewesen. Er hatte sich gewundert, als der Parteisekretär sie wegen ihrer Schönheit pries. Später, als er sie sich genauer ansah, entdeckte er ein paar positive Eigenschaften. Sie hatte üppige, wohlgeformte Brüste, eine schmale Taille und gar nicht so üble Schenkel. Sie trug einen engen Rock und Schuhe mit hohen Absätzen, wodurch ihr Gang leicht wiegend war. Das machte Eindruck. Mit der Zeit, als sie sich schon ein bißchen heimischer fühlte und ihr Gesicht nicht länger rot anlief, sobald sie ihn nur sah, hatte sich gezeigt, daß sie ein hübsches, wenn auch vielleicht etwas banales Gesicht hatte. Große blaue Augen, eine kleine, breitgedrückte Nase und einen vollen Mund mit einer leicht vorgewölbten Unterlippe. Ihre blonden Haare hatte sie sich zu kleinen Löckchen gedreht, das war damals gerade Mode.

*

»Es ist noch kein halbes Jahr, daß ich hier bin. Jetzt werd ich eine bessere Arbeit haben. Höheres Gehalt, vielleicht reicht's, daß ich mir ein eigenes Zimmerchen mieten kann, denn bei Leuten zu wohnen ist irgendwie unangenehm. Man weiß nie, ob man ins Badezimmer kann, um was auszuwaschen, ob sie sich ärgern, daß Wasser wegläuft und daß Licht brennt. Sie haben ihr Geld dafür gekriegt, aber bestimmt denken sie, daß sie mehr berechnen könnten.

Vater hat gefragt, ob es den, der da kommen soll, schon gibt. Da hab ich ihm gesagt, noch nicht. Ständig sitz ich allein da und mach gar nichts, aber mein Gehalt krieg ich. Wir haben noch über ein paar Sachen geredet, und dann hat er rausgelassen, was er auf dem Herzen hat. Es war, daß der Zdzicho von den Machs vom Militär zurück ist und mit einer Flasche Wodka bei den Eltern war. Er möchte mich gern heiraten. Vater hat das so scheinbar gleichgültig hingesagt, aber ich hab gewußt, auf welche Antwort er wartet. Ich konnt ihm nicht das sagen, was er sich gewünscht hat. Wo ich mich nun einmal entschieden hab, vom Dorf wegzugehen, da werd ich nimmer zurückgehen. So bin ich nun mal, nie schau ich zurück, egal, was passiert. Vater ließ den Kopf hängen, und ich bin auf einmal ganz traurig geworden, daß ich mich ihm am liebsten vor die Füße hab werfen wollen, aber ich bin am Tisch sitzengeblieben, als hätt ich einen Stock verschluckt, und hab mich nicht gerührt. Kurz danach hat sich Vater zum Gehen fertig gemacht. Aus der Tasche hat er alles geholt, was ihm Mutter mitgegeben hat: einen Ring Wurst, ein Stück Speck und Honig. Den Speck hab ich ihm wiedergegeben, denn was soll ich damit. Ich hab mir hier nie was gekocht, höchstens, daß ich mir mal heißes Wasser für den Tee aus der Küche hol. Kochen ist im Mietvertrag nicht vereinbart. So hat es die Frau des Vermieters gewollt, damit ich ihr nicht in der Küche herummach. Wozu also Speck, für Rührei wär's gut, aber so hab ich ihn zurückgegeben.

30. März 1946

Heute ist er also gekommen. Zu zweit kamen sie ins Zimmer, der eine so ein Großer in einer Lederjacke, der andere klein und in einem grauen Anzug. Ich hab mir gleich gedacht, daß meiner der Kleine ist, denn in letzter Zeit, da hab ich irgendwie kein Glück. Aber dann hab ich doch Glück gehabt. Es war der andere. Vielleicht ist er ein bißchen zu groß und zu dünn, wenn man mich fragt, aber ein hübsches Gesicht hat er. Noch so jung! Der Bart wächst ihm gerade erst unter der Nase. Ich hab mich gar nicht genug wundern können, wie jung er ist und gleich so hoch aufgestiegen. Und wie beflissen er ist! Wären Sie so freundlich, in einem fort. Ich möcht immer lachen, wenn er so zu mir spricht, aber ich hör mir an, was er da wieder braucht. Angeblich wohnt er mit seiner Mutter. Man munkelt, daß sie aus Warschau hergezogen ist, um hier auf ihn aufzupassen. Das kann ich auch verstehen, die Frau hat Angst. Der Junge könnte irgendwelche Dummheiten anstellen. Immerhin hält er so viel Macht in seinen Händen.

Ich hab das Zimmer gewechselt. Eine eigene Wohnung hab ich nicht finden können, aber hier ist es besser, weil ich die Küche benutzen kann. Manchmal esse ich nicht zu Mittag, weil ich den Geruch in der Kantine nicht mag, dann brutzle ich mir am Abend was. Zu tun gibt es jetzt viel bei uns, weil es den Leuten immer an irgendwas fehlt. Alles bleibt liegen, bis sich einer findet, der sich drum kümmert. Na, und so einer hat sich gefunden. Einen Kopf hat der. Alles kann er in zwei Sätzen klarstellen. Er täuscht sich nicht so wie andere. Erst so und dann wieder so. Nein. Er sagt, wie's gemacht wird, und dabei bleibt's dann. Er ist so wie ich, sagt was einmal, und das gilt dann auch. Mir gefällt das. Ich bin zufrieden, daß ich mit ihm arbeite. Es macht mir auch nichts aus, bis spät abends zu bleiben, wenn es eine dringende Arbeit gibt. Er geht auf und ab, die Hände in den Taschen, und diktiert direkt aus dem Kopf, und ich schreib's auf der Maschine. Ich hab bis jetzt noch niemanden getroffen, der so schnell und so klug denken würd. Manchmal sagt er einen Satz, daß ich vor lauter Bewunderung, wie er sich das ausgedacht hat, aufhör zu schreiben. Aber er treibt mich dann an und runzelt seine Brauen. Er glaubt, daß er dann erwachsener aussieht. Dabei ist er noch ein Kind. Wenn ich seine glatten Wangen anschau, da krieg ich ein richtig enges Gefühl im Hals. Er ist fünf Jahre älter als ich, aber es ist, als wär er gut zehn Jahre jünger. Bei Frauen geht das Älterwerden schneller. Bei Männern braucht es so lang, bis sie erwachsen sind. Ich sprech nicht vom Verstand, den hat er, aber keinen Deut Erfahrung. Mit Menschen kennt er sich nicht aus. Manchmal muß ich was sagen, um ihm die Augen zu öffnen. Meinen Sie, sagt er dann und schaut mich von der Seite an. Dann runzelt er seine Brauen. Er gibt mir nicht recht, aber ich weiß dann, daß er's macht, wie ich's gesagt hab. Er darf nur nicht schon was gesagt haben, sonst läßt sich nichts mehr machen. So wie er es bestimmt hat, muß es sein.

12. April 1946

Heute ist seine Mutter im Büro erschienen. Ganz elegant war sie, mit einem Silberfuchs und Schirm. Wir haben uns wie von Frau zu Frau unterhalten. Sie sagt zu mir, passen Sie gut auf ihn auf, damit er keine Dummheiten anstellt. Er ist so naiv, mein Stefan. Wie sie das sagt, da ist mir ganz warm ums Herz geworden. Ich hab ihr gleich versprochen, daß ich ein Auge auf alles haben werd. Dann hab ich Tee aufgebrüht und ihr gebracht, und sie gleich, ob ich mich nicht zu ihr setzen und auch ein Glas trinken will. Da hab ich noch ein Glas hingestellt. Gerade da kommt er rein, und man sieht sofort, daß es ihm nicht recht ist, daß wir hier zusammen sitzen. Sie haben wohl zuwenig zu tun? sagt er, und darauf gleich seine Mutter, daß sie mich eingeladen hat. Du hast auch Ideen, Mama, hat er da gesagt. Aber er war schon nicht mehr so böse.

4. Mai 1946

Bald ist der Jahrestag des Sieges, und alles steht Kopf. Aus Warschau sollen irgendwelche hohen Tiere kommen und auf dem Platz ein Denkmal enthüllen: einen Panzer mit einem roten Stern auf beiden Seiten. Es wird Denkmal zum Dank an die russischen Soldaten heißen. Weil sie nach den Deutschen als erste hiergewesen sind.

Hundert Sachen waren zu erledigen, bis wir den Panzer endlich in der Stadt gehabt haben. Ein Sockel, wo er stehen sollte, war schon da, weil sich der Künstler beeilt hat, nur das Allerwichtigste hat noch gefehlt. Kaum daß ich morgens ins Büro kam, bin ich gleich als erstes zum Telefon und hab ein Ferngespräch bestellt. Er war furchtbar aufgeregt und hat in den Hörer geschrien, daß das eine Kompromittierung ist und überhaupt. Daß es wichtig für das Land ist, daß wir uns genau an dem Tag und Ort, wo vorher die Deutschen gesessen haben, mit unseren einzigen Freunden, die wir haben, mit denen von jenseits der Grenze im Osten, verbrüdern. Am Telefon haben sie ihm gesagt, daß nicht alle Deutschen schlecht sind. Da ist er ganz rot angelaufen und hat in den Hörer geschrien: Verdammt noch mal, ihr wißt, worum es geht. Ihr habt das herzuschaffen, was ihr versprochen habt. Und dann sagt er zu mir: Sehen Sie, die begreifen nichts, diese Trottel. Also da sag ich ihm, daß man das am besten selber erledigt, zur Einheit fährt und sich mit dem Kommandanten einigt. Er hat mich angeschaut, als wär ich blöd, aber am nächsten Tag hat er sich mit der Einheit verbinden lassen. Na ja, und sie sind handelseinig geworden. Ein Panzer hat sich gefunden, der Künstler hat nur noch die Sterne draufgemalt. Und einen besonderen Gefallen hat es gar nicht gebraucht.

25. Mai 1946

Die Feier ist längst vorbei, die Gäste sind wieder weg, aber ich bin völlig verstört. Manchmal passiert es, daß ich auf der Straße stehenbleib und vor mich hinschaue, und erst wenn mich Passanten anrempeln, geh ich weiter. Weil so viel auf einmal passiert ist, daß es für zehn reichen würde und nicht nur für mich allein.

Manchmal dacht ich schon für mich, was für ein Leben ich wohl haben und ob ich ein bißchen Glück erfahren werde oder ob mir etwas anderes bestimmt ist. Und jetzt ist eine solche Welle über mich gegangen, daß ich den Kopf hochhalten muß, damit ich nicht darin ertrinke. Die Liebe ist gekommen, die eine fürs ganze Leben. Wenn ich das jemandem schriftlich geben müßte, dann könnt ich das sofort tun, und nichts würd sich in mir wehren, daß ich mein Schicksal für andere so völlig verschließe. Nur er allein ist auf Gottes weiter Welt für mich. Er ist für mich, und ich bin für ihn.

Es war so, daß wir unsere Hände zueinander ausgestreckt haben, beide zur gleichen Zeit. Schon als wir am Tisch saßen, da haben sich unsere Augen gesucht und unsere Köpfe sich gedreht, wie bei Blinden, die das Licht suchen, seiner zu mir, meiner zu ihm. Neben mir saß einer von denen aus Warschau und hat dauernd geredet, aber ich weiß nicht mal mehr, was. Ich hab nur gesehen, wie Stefan ein bißchen zuviel trank. Und dann haben wir zusammen getanzt. Und er zu mir, was ich ihm da angetan hab, daß er nachts nicht mehr schlafen kann und er nur noch an mich denkt. Darauf ich, was er da wieder redet und daß er vom Wodka solche Sachen sagt. Und er wieder, daß er mir das auch nüchtern sagen wird. Ich hab meine liebe Not mit ihm gehabt, weil er mir unter den Händen weggerutscht ist, und er ist doch ein Kerl von einem Meter neunzig. Fleisch ist an ihm wenig dran, aber allein schon seine Größe wiegt. Wenn ich ihn bei dem Tanz nicht gehalten hätte, wär er wie ein Klappmesser eingeknickt. Und da schauen doch die Leute, und die hätten gleich geredet, daß der Wojewode am Staatsfeiertag mit der Schnauze auf den Boden gekracht ist. Schließlich hab ich ihn an die frische Luft gebracht und zusammen mit dem Fahrer ins Auto gehievt, und er hat meine Hand gefaßt. Nimm mich, Wandalein, nimm mich zu dir, damit mich Mama nicht in dem Zustand sieht. Also da hab ich gedacht, daß er vielleicht recht hat. Ich sag dem Fahrer, daß wir zu mir fahren, und nachher haben wir ihn dann nach oben geschleppt. Der Fahrer fragt, ob er im Auto warten soll. Da sag ich, daß er nach Hause fahren und sich gründlich ausschlafen soll. Ich komm hier schon allein zurecht. Er hat sich bedankt und ist gegangen. Ich hab Stefan die Schuhe ausgezogen, seine Beine ragten weit über mein Bett, weil er ein Riesenkerl ist. Er hat geschlafen, nicht einmal umgedreht hat er sich. Und ich hab mich in den Sessel beim Tisch gekuschelt. Vielleicht bin ich da auch eingenickt, aber die ganze Zeit hatte ich ein Augenmerk auf ihn, daß ihm auch nichts passiert. Erst später, gegen Morgen, überkam mich der Schlaf. Ich hab nichts gehört, weder wie der Stefan aufgestanden ist, noch wie er die Türen verwechselt und statt im Bad im Kinderzimmer gelandet ist und den Schrank vollgepinkelt hat. Ich bin erst vom Geschrei der Hausleute aufgewacht. Ich bin aus dem Zimmer gelaufen, und sie sind alle im Kreis um ihn herumgestanden. Er steht beim Schrank, schwankt vor und zurück, sein Hosenschlitz ist offen. Auf dem Boden eine Pfütze. Die Hausfrau keift mich an, wen ich da ins Haus gebracht hab. Daß hier anständige Leute und so. Da hab ich ihr's auch gegeben, weil ich es nicht leiden kann, wenn mich jemand anschreit. Aber so wie sie geschrien hat, da bin ich nicht dagegen angekommen. Ich sag, das ist nicht irgendwer, das ist der Herr Wojewode. Aber sie, daß ihr das schnurzegal ist und ich verschwinden soll, zusammen mit ihm, nur daß ich vorher noch den Schaden bezahlen muß, weil das Parkett rissig wird. Ich sag, sie müssen doch verstehen, daß ich mit ihm jetzt nirgends hin kann, daß wir bis zum Morgen bleiben müssen, aber die haben nicht mit sich reden lassen. Haben uns vor die Tür gesetzt, ihm nicht mal erlaubt, sich die Schuhe anzuziehen. Ich hab mich mit ihm auf die Treppe gesetzt. Sein Kopf fiel sofort auf meine Knie, und so saßen wir bis zum Morgengrauen da.

Ich war voller Angst, was wird, wenn die Leute aufstehen und aus ihren Wohnungen kommen. Auch so hatten wir mit dem Krach schon die Nachbarn über uns geweckt. Aber was hätt ich tun sollen, er war nicht wachzukriegen, solange sich der Wodka noch nicht verflüchtigt hatte. Gott sei Dank, gegen fünf hat er so zweimal aufgestöhnt und dann den Kopf gehoben. Er schaut mich an, als ob er mich nicht erkennt. Da lächle ich ihn an, daß ich das bin. Aber er schaut mich weiter wie eine Fremde an. Wo sind meine Schuhe, fragt er. Ich sag, daß sie oben in der Wohnung eingeschlossen sind. Er darauf, in wessen Wohnung? Na, eben in der von meinen Hausleuten, bei denen ich gemietet habe. Darauf er, ob ich sie ihm nicht bringen kann. Ich weiß nicht, was ich antworten soll, er ist irgendwie böse auf mich, als wär alles meine Schuld. Aber er bestand nicht weiter drauf, als er gesehen hat, daß ich nicht nach oben bin. Er ist aufgestanden, hat seine Hosen abgeklopft und wollt in Strümpfen losgehen. Panie Stefan, sag ich unsicher, vielleicht lauf ich und hol den Fahrer oder ein Taxi. Er hat kurz überlegt und ist dann einverstanden gewesen, aber immer noch war er böse auf mich.

Ich bin vor das Haus gegangen, und da kommt gerade unser Auto. Ich sag zum Fahrer, daß wohl ein Wunder geschehen ist, weil ich ihn seh, und er lacht und sagt, daß er sich gedacht hat, daß der Chef ihn vielleicht braucht.«

*

Er schlug das Heft zu und ging in die Küche. Dort machte er das Gas unter dem Teekessel an. Im Stehen wartete er, bis das Wasser kochte.

Er beschloß, sich dieses Weibergeschwätz zu ersparen. Alle hatten sie gewußt, daß Wanda einfältig war, auch er hatte sich da keine Illusionen gemacht, aber das, was er gerade gelesen hatte, überstieg seine schlimmsten Vorstellungen von dieser Frau. Das war schon kein Schwachsinn mehr, das war Oberschwachsinn, und das war eigentlich immer noch zu freundlich ausgedrückt.

Obwohl er das nicht mehr vorgehabt hatte, entschloß er sich, auszugehen. Er hatte bereits zwei Kaffee gehabt. Schade, sonst hätte er in die Bar gehen und einen kleinen Schwarzen trinken können. Gewöhnlich suchte er sich die dunkelste Ecke aus und beobachtete von dort die Menschen. Meist kamen Jugendliche, weil es eine Jukebox gab.

Er dachte an die Vergangenheit. Er hatte verloren. Das wenigstens war klar. Aber konnte es ihn freuen, daß auch die anderen verloren hatten, seine ganze Generation? Und wer war denn eigentlich ihr Gegner gewesen? Das war am allerwenigsten klar. Es stimmte nicht, daß damals, in den ersten Jahren, nur ein paar wenige wirklich saubere Hände gehabt hätten. Er selbst könnte Hunderte nennen. Je schwieriger es geworden war, desto mehr hatten sie Kraft und Widerstandsfähigkeit in sich gefunden. Es war nur diese polnische Schose gewesen, die ihnen allen geschadet hatte. Zusammen mit dem Gericht, das man ihnen servierte, war sie giftig gewesen. Vielleicht hätte es gereicht, die Zutaten zu ändern oder auch nur die jeweiligen Mengen. Hier gab es immer von allem zu viel, hier versickerte nichts, sondern ergoß sich in Strömen und aus allen Löchern.

Er kam an der Bar »Zum Scheideweg« vorbei, ein guter Name für Unentschlossene, und ging weiter in Richtung des um diese Jahreszeit grauen und traurigen Łazienki-Parks.

Wanda hatte sich wirklich eine passende Zeit zum Sterben ausgesucht. Vielleicht war aber der November dort auch nicht so neblig und hoffnungslos. Er hatte nie darüber nachgedacht, doch irgendwie war er zutiefst davon überzeugt gewesen, daß er als erster sterben würde. Wanda wirkte stark und lebensbejahend. Er konnte sie sich nicht im Alter vorstellen. Na ja, im Grunde war sie nicht alt. Wie alt mochte sie sein... Moment, als Michał geboren wurde, war sie gerade zwanzig gewesen. Michał war jetzt siebenunddreißig, also fehlten ihr nur ein paar Jährchen auf die Sechzig. Sie hatte das sechste Kreuzchen nicht abgewartet, während er es schon hinter sich hatte.

Er ertappte sich dabei, daß er an Wanda ausschließlich in erotischen Zusammenhängen dachte. Das kam daher, daß er damals, als er mit Wanda verheiratet war, im geeignetsten Alter zur Ausübung körperlicher Liebe gewesen war. »Ausübung körperlicher Liebe«, wie häßlich das klang. Und wie nichtssagend. Dieser Augenblick, wenn zwei Körper einander begehren und sich in einer scheinbar unzertrennlichen Umarmung vereinen. Und später fühlt man dann so wenig.

Wanda... Er konnte nicht sagen, ob er sie geliebt hatte, er konnte es auch nicht mit Bestimmtheit verneinen. Sie war die einzige Frau in seinem Leben gewesen, zu der sein Verhältnis nicht geklärt war. Wenn sie in seiner Nähe war, konnte man ihn nicht von ihr losreißen, wenn er sie aber aus den Augen verlor, hörte er auch auf, an sie zu denken. Vielleicht war es deshalb so leicht für Mama gewesen, sie auseinanderzubringen. Aber hatte er nur deshalb einer Trennung zugestimmt, weil es Mama gewünscht hatte? Eigentlich nicht. Wanda war wie ein Hindernis gewesen, dem er nicht hatte ausweichen können. Er vergaß sich bei ihr, und davor hatte er Angst, denn er mußte immer Herr der Situation sein. Er hatte immer so ein ungutes Gefühl gehabt, sie könnte ihm in den Rücken fallen.

Seine Beine waren eingeschlafen. Die Zehen waren steif und kribbelten unangenehm. Er machte kehrt und ging nach Hause zurück.

*

»7. Juni 1946

Es ist eine solche Hitze, daß man wie ein Fisch nach Luft schnappt. Im Büro stehen die Fenster sperrangelweit offen, denn anders läßt es sich gar nicht aushalten. Aber das gibt einen Durchzug, wer reinkommt, dem fliegen die Vorhänge ins Gesicht.

Stefan tut immer noch, als wär er böse auf mich. Wenn er was für mich hat, dann schaut er mir nicht in die Augen. Nur einmal, als ich ihm die Schuhe zurückbrachte, da hat er mich gefragt, ob es mit der Wohnung Schwierigkeiten gegeben hat. Ich hab gesagt, daß mir gekündigt worden ist, aber daß ich eine andere gefunden hab, näher bei der Arbeit. Das ist nicht wahr, aber was soll ich ihn damit belästigen. Zwei Wochen lang hab ich im Büro übernachtet. Ich hab mich furchtbar gequält, denn mit dem Waschen ist es schwierig und auch mit dem Schlafen. Das Sofa hier im Büro ist hart und mit Leder bespannt. Und dann noch immer die Angst, daß mich jemand erwischen könnte. Es ist doch verboten. Aber alles ist gutgegangen. Ich hab ein anderes Zimmer gefunden, nur daß es halt ohne Küchenbenutzung ist und viel weiter weg.

Er tut, als ob nichts zwischen uns gewesen ist, als ob wir uns fremd wären, aber ich weiß Bescheid. Was einem leicht über die Lippen geht, wenn man betrunken ist, davor schämt sich der Mund, wenn man nüchtern ist. Aber das kommt noch. Ich hab es überhaupt nicht eilig. Man soll nicht ungeduldig sein bei dem, was auch so kommen muß.

Da ist einer, der läßt nicht locker, will sich immer mit mir treffen. Ich versuch, mich rauszureden, daß gerade das wäre, dann wieder was anderes, aber er bleibt dabei. Ein anderer hätte verstanden und längst Ruhe gegeben, aber er drängt sich auf, wo man ihn nicht will. Wenn ich nur nicht so empfindsam wär, dann hätt ich mich da leichter rausgewunden, ich bring es nicht übers Herz, jemandem auch nur ein böses Wort zu sagen. Aber dann fängt gleich das Mißverständnis an. Wie soll ich denn sagen: Laß mich und geh, denn ich hab mir schon jemanden gefunden, und ihm werd ich bis ans Ende meiner Tage gehören. Und wenn ich dann noch zugeben würde, daß der jemand Stefan ist, dann würd der andere sicher glauben, daß ich mich lustig mach. Aber ich mach mich nicht lustig, es ist die reine Wahrheit. Ich werd Stefan gehören, und er wird mir gehören.

29. Juli 1946

Heute waren Stefan und ich am Fluß. Der Fahrer hat uns hingefahren und sollte uns gegen Abend wieder abholen. Es war wunderschön, kein Mensch weit und breit, wir liegen in der Sonne, das Wasser plätschert. Ich mach meine Augen auf und seh ihn neben mir, mein ganzes Glück, diesen langen, dünnen Menschen. Nur im Himmel könnt es mir besser gehen. Sobald ich nur den Kopf hebe, da schaut auch er hoch, und wir lächeln uns an. Und alles nur, weil ich geduldig war und gewartet hab, bis ich dran war.

Er ist herumgegangen, seine Augen immer gesenkt. Wären Sie so freundlich, dies und jenes, und ich hätt am liebsten gelacht, weil ich Bescheid gewußt hab. Aber einmal sagt er dann, daß es da ein Abendessen im Restaurant gibt und daß dem Kommandanten, dem Peterek, der bei uns die Geheimpolizei leitet, daß dem daran liegt, daß auch ich komm, natürlich nur, wenn ich Lust hab. Darauf ich, daß ich kommen kann.

Es waren nur Männer da und ich. Mich haben sie neben den Kommandanten gesetzt, und Stefan hat sich in die dunkelste Ecke verdrückt, so daß sein Gesicht gar nicht zu sehen war. Ich hab nur geschaut, ob er trinkt.

Der Kommandant ist mit mir ein ums andere Mal zum Tanzen, und seine Hand auf meinem Rücken wandert jedesmal tiefer. Da sag ich schließlich, daß es heiß ist und daß wir uns vielleicht nicht so eng aneinanderdrücken sollten. Aber er redet was, daß es ihm kalt ist, weil seine Mutter ihn als Frühchen auf die Welt gebracht hat. Seit der Zeit zieht es ihn zur Brust, und wenn die dann noch so schön ist wie bei mir. Da frag ich, wann seine Frau vom Urlaub zurückkommt, ich hab sie nämlich beim Einkaufen getroffen, da hat sie was gesagt, daß sie nur für eine Woche fährt. Gleich hat er mich losgelassen, und wir hörten auf zu tanzen. Ich war ein bißchen in Sorge, weil Stefan zuvor gar nicht hat trinken wollen, aber als wir von der Tanzfläche kamen, da seh ich, daß er schon so sitzt, daß man ihn sieht, und er erzählt was. Wie er mich sieht, wird sein Gesicht ganz heiter. Wandzik, wo bist du nur gewesen, sagt er. Na hier bin ich, sag ich, die ganze Zeit bin ich hier. Komm, setz dich, trinken wir. Darauf ich, warum nicht. Der Kommandant schaut auf einmal ganz finster, wie wenn er was dagegen hat. Vielleicht weil Stefan mein Chef ist oder so. Aber was soll's. Stefan hat mich umarmt und an sich gedrückt, und so saßen wir bis zum Schluß.

Nachher in der Garderobe hat's dann einen Krach gegeben, weil der Garderobier die Mütze vom Kommandanten nicht hat finden können. Der zog seine Pistole und sagte:

Such, sonst knall ich dich ab wie einen Hund. Der Alte sucht, seine Hände zittern. Um ihm Angst zu machen, hat der Kommandant eine Kugel in die Mäntel gejagt. Wir sind alle erschrocken. Zuletzt kniet der Garderobier hin und fängt an, den Rosenkranz zu beten. Sein Kopf hüpft unruhig hin und her. Also ich hab das nicht ausgehalten, ich geh hin, als wären's nicht meine Beine. Das war nicht zum Spaßen, der da betrunken, die Waffe geladen. Ich geh zu ihm und sag: Panie Władek, jetzt beruhigen Sie sich, die Mütze wird sich finden. Er guckt mich an, und mir bleibt das Herz fast stehen, weil so was Böses in seinen Augen war. Aber er hat die Waffe eingesteckt, und zu dem Alten hat er gesagt: Da hast du Glück, du Strolch, daß eine Dame für dich bittet. Das nächste Mal mach ich dich kalt.

Wir sind gegangen, der Fahrer ist mit dem Wagen vorgefahren, aber Stefan sagt zu ihm, daß er schon fahren soll, daß wir den Weg zu Fuß gehen. Na, da sind wir ein Stück zu Fuß gegangen, und er sagt zu mir, daß er irgendwelche Papiere im Büro vergessen hat und ob wir nicht kurz vorbeigehen können. Warum nicht, sag ich. Und alles in mir hat jubiliert.

Das Licht machten wir nicht an, weil es von der Straßenlampe hell war. Wir gingen in sein Arbeitszimmer, er tut, als ob er die Papiere sucht, aber ich weiß schon, was los ist. Er hat Angst, zuzugeben, daß er noch nie was mit einer Frau gehabt hat, und weiß nicht, wie er es anfangen soll. Da zieh ich mir also das Kleid über den Kopf, die Schuhe schmeiß ich in die Ecke. Nur im BH und im Schlüpfer steh ich da. Er zu mir, hat meine Brüste gesucht, hält sie beide in den Händen, sein Atem geht schwer. Und so stehen wir bloß da. Da sag ich ganz vorsichtig, vielleicht aufs Sofa. Ich geh rückwärts hin und plumpse auf dieses lederbespannte Monster. Er folgt mir, hat wohl keine Kraft mehr, denn er kommt auf allen vieren zu mir. Das Gesicht in meinem Bauch versteckt, sagt er: Ich hab Angst, Wanda. Vielleicht krieg ich's nicht hin. Ich sag ihm also, daß er keine Angst haben muß, daß ich ihm helfen werde. Da fragt er, ob ich schon mal mit einem Mann war. Nein, antworte ich, du wirst der erste sein. Da hat er erst richtig Angst bekommen, ist zurückgesprungen. Ich hab eine solche Wut auf mich selber gekriegt, daß ich auch meinen Mund nicht hab halten können. Ich hätt mir doch was ausdenken können, damit er mehr Mut kriegt. Ich bin vom Sofa zu ihm auf den Teppich und hab ihn an mich gedrückt und gestreichelt, am ganzen Körper hab ich ihn berührt, damit er keine Angst mehr hat. Na und schließlich ist das, was die ganze Zeit irgendwie so schüchtern und weich war, mit ganzer Kraft in mich eingedrungen. Es gab ein bißchen Blut, das ist über meine Schenkel geflossen. Ich hielt's mit der Hand auf, damit der Teppich nicht schmutzig wird. Jetzt wird er nicht mehr seinen Blick senken, wenn wir uns morgen sehen, denk ich. Aber woher. Seine Augen weichen mir noch mehr aus. Und so geht es ein paar Tage lang. Man muß eine günstige Gelegenheit abwarten, denk ich. Na ja, und lange hab ich nicht gewartet.

Er kam von einer Versammlung und war ganz fröhlich. Gleich ist er zu mir gekommen, von hinten, und hat mich an den Busen gefaßt. Und was wird jetzt mit uns, hat er gesagt. Was soll denn sein, hab ich gesagt und mich an ihn geschmiegt wie eine Katze. Schließ die Tür ab, hat er gesagt. Ich hab dann gemacht, was er gesagt hat, und er hat mich auf den Schreibtisch gesetzt, hat mir den Rock hochgezogen, am Schlüpfer hat er so heftig gezerrt, daß das Gummi gleich hinüber war. Aber das mit dem Gummi war ja egal, wo es doch um was viel Wichtigeres ging. Um unsere Zukunft, um unser ganzes Leben. Gefühlt hab ich wenig, weil es unbequem war. Und sein Gesicht hat sich ganz verändert, es ist rot geworden, an den Schläfen sind die Adern rausgekommen.

Und als er gerade noch aus mir raus ist, weil ich ihm sagte, daß wir aufpassen müssen, da ist alles in hohem Bogen auf die Papiere. Ich hab nachher alles noch mal schreiben müssen. Dann hab ich mich getraut zu fragen, ob er sich jetzt immer an mich heranmachen wird, wenn er betrunken ist. Ob wir nicht normal zusammensein können. Er hat sich ein wenig geschämt. Am Sonntag nehm ich dich mit zum Fluß, hat er nach einer Weile gesagt.«

*

An diesem Tag ging er noch einmal aus dem Haus, was eine eklatante Verletzung seiner Gewohnheiten war. Er stand an der Haltestelle. Es war nicht mehr so schneidend kalt, dafür fiel ein anhaltender Nieselregen. Er schlug den Kragen seines Herbstmantels hoch, der früher einmal wärmer gewesen war. Jetzt schien der Stoff durchlässiger zu sein, und die Kälte fand ungehindert ihren Weg bis auf seine Haut.

Das Alter ist wie eine Krankheit, von der man sich nicht wieder erholt. Selbst an Wiesia war dieser fürchterliche Prozeß des Schlaffwerdens nicht vorbeigegangen. Sie war seine erste Liebe gewesen. Ein paar Jahre älter als er. Er war ihr nachgelaufen und hatte so lange vor ihrem Haus ausgeharrt, bis sie dann einen anderen geheiratet hatte und er sie aus den Augen verlor. Eines Tages, schon nach seiner Scheidung von Wanda, hatte er Wiesia auf der Straße getroffen. Ihre Augen hatten sich angelacht, und sie waren einen Kaffee trinken gegangen. Sie lebte mit ihrem Mann und einem halbwüchsigen Sohn zusammen. Sie war noch immer schön gewesen, doch ihre Züge zeichneten sich bereits schärfer ab. Es schien ihm, als habe er nie aufgehört, sie zu lieben. Er war bereit gewesen, sich wie ein junger Spund wieder vor ihrem Haus aufzustellen und zu warten. Er brachte sie so weit, ihren Mann zu verlassen. Sie heirateten. Nach einem

Jahr hatten sie eine Tochter bekommen. Danach ging es bergab. Wiesia wurde allmählich der Zwistigkeiten mit der Schwiegermutter überdrüssig. Mama konnte sich ihn mit niemandem teilen, selbst an diesem zarten und eigentlich doch makellosen Wesen vermochte sie noch Fehler zu finden. Er versuchte, die Situation zu entspannen, doch machte das alles nur schlimmer. Seine häufigen Reisen brachten das Faß dann zum Überlaufen, und auch, ja, daß er trank. Ihre Tochter war nicht ganz drei, als sich Wiesia entschloß, zu ihrem früheren Mann zurückzukehren. Der nahm sie zusammen mit dem Kind auf.

Der Bus kam. Einen Moment lang schwankte er, ob er nicht zurückgehen sollte, doch dann stieg er ein. Michał wohnte ein paar Haltestellen weiter. Er war zu Hause, aber ein sinnvolles Gespräch kam nicht zustande.

Den Rückweg ging er zu Fuß. Erleichtert zog er die Schuhe aus und schlüpfte in ein paar weiche Hausschlappen.

*

»Wie eine Frau einer anderen doch das Leben vergällen kann. Die Mutter von Stefan, eigentlich eine verständige Frau, will einfach nicht verstehen, daß Stefan nur bei mir ruhig und glücklich sein kann. Was ein Mann braucht, ist Sicherheit und Ruhe. Daß das Haus geputzt ist und das Mittagessen rechtzeitig auf dem Tisch steht. In so einem Haus wie dem unseren, da kann man wirklich ein glückliches Leben führen.

Das Gehen fällt mir schwer, und wenn ich mich nach was bücke, dann muß ich gleich mit beiden Händen einen Halt suchen, weil ich sonst auf die Nase fall. Seit fast neun Monaten trag ich schon den Bauch und darin unser Kind, das von Stefan und mir. Ohne das Kind hätt Stefan mich vielleicht gar nicht geheiratet, vielleicht hätt er auf die Mutter gehört. Und was die nicht alles angestellt hat, um uns zu trennen. Die verrücktesten Sachen hat sie sich ausgedacht, nur um ihn von mir wegzukriegen.

Wir waren auf der Heimfahrt von meinen Eltern, die auf dem Land wohnen, es war so gegen Abend. Warm ist's gewesen, der Fahrer hat das Verdeck heruntergemacht. Das war eine Fahrt, auf beiden Seiten der dunkle Wald und im Scheinwerferlicht die Straße wie ein gelber Fluß. Das Kleid ist mir über den Kopf geflogen, da haben Stefan und ich es eingefangen, aber das ging natürlich nicht ab, ohne daß seine Hand mich gleich berührte. Er hatte Pflaumenschnaps getrunken, da war er fröhlich beieinander. Der Wald hat schon aufgehört, in der Ferne sah man bereits die Lichter, da ist uns fast eine Gestalt unter die Räder gekommen. Der Fahrer hat so stark gebremst, daß wir beinahe im Graben landeten. Und im Scheinwerferlicht dann sie, Stefans Mutter. Mit weißen, wehenden Haaren springt sie auf der Straße herum, als wenn sie tanzen würd, und wedelt mit den Armen. Stefan ging zu ihr, da hat sie ihm, klatsch, eine links und, klatsch, eine rechts verpaßt. An beiden Armen hat er sie dann gepackt, aber sie reißt sich los und brüllt wie ein Tier. Der Fahrer kam zu Hilfe, und sie haben sie ins Auto gezerrt. Wie sie mich gesehen hat, verdreht sie wieder die Augen. Rette dich, Stefan, du mein ein und alles. Die hat Gift im Schlüpfer, schreit sie. Wie sie das gesagt hat, bekam ich einen solchen Schrecken, daß ich mich bekreuzigt hab. Und wie Perlen vom Rosenkranz sind mir die Tränen übers Gesicht gelaufen. Stefan sagt zu mir, daß ich weggehen soll, so daß Mama mich nicht mehr sieht, weil sie sich aufregt. Da bin ich in den Graben, wo es dunkel war. Und meine Knie haben wie wahnsinnig gezittert. Ich weiß nicht, was jetzt mit mir wird und mit dem Kind, das ich unter dem Busen trag. Stefan hat nichts mehr von der Hochzeit gesagt. Als er das mit dem Kind erfuhr, war er, glaub ich, sehr glücklich. Er hat sich gleich an meinen Bauch gedrückt, der noch ganz flach war, und gesagt: Was hast du zu erzählen, mein Sohn. Lern schwimmen, damit du nicht ertrinkst, wenn das Wasser mal tief ist. Du mußt noch höher hinauf als dein Vater. Du wirst General oder Präsident. Na, und dann wollt er mich gleich aufs Standesamt schleppen. Eine kirchliche Trauung, das geht überhaupt nicht, höchstens heimlich. Die Frau vom Kommandanten hat mir ganz vertraulich und unter dem Siegel der Verschwiegenheit gesagt, wir wohnen Tür an Tür, da sind wir uns nähergekommen, daß ein Priester sie und ihren Władek mit der Stola verbunden hat. Aber das ist irgendwo am anderen Ende von Polen gewesen. Ihr Vater hat sich stur gestellt, daß er ohne Trauung seine Tochter nicht hergibt. Also der Kommandant hat sich geärgert und geärgert, aber schließlich hat er seine Knie vor Gott beugen müssen. Aber das erfuhr ich erst später, als Stefan und ich schon längst verheiratet waren. Jetzt sagt er zu unserem noch ungeborenen Kind: Da wird sich Oma freuen, wenn ich's ihr sag. Sie wartet schon seit langem auf einen Enkel. Aber wie sie es dann erfährt, hat sie anscheinend ein furchtbares Gesicht gezogen und zu Stefan gleich gesagt, daß wir es wegmachen sollen. Er kommt damit zu mir. Weißt du, Wanda, sagt er, die Zeiten sind unsicher, vielleicht kommt ein Krieg, wo gibt's da Platz für ein Kind. Ich hab darauf nichts gesagt, nur mein Kopf ist mir nach vorne übergekippt, als ob mir jemand den Hals abgeschnitten hätt. Und dann wieder er, daß es nicht gefährlich ist, daß er einen Doktor findet. Ihr habt's wohl eilig, aus mir eine Verbrecherin zu machen, sag ich und hab dabei eine ganz krächzende Stimme, weil meine Kiefer zu zittern anfangen. Darauf er, daß er sich um alles kümmert und daß ich mich nicht aufregen soll, das sei doch nur so eine Kaulquappe, die da in ihrem Teich rumschwimmt. Ein Nervensystem hat sie nicht, und sie fühlt nichts.

Mit einem Frosch vergleichst du den Menschen, hab ich gesagt und hau meinem geliebten Stefan mit ganzer Kraft die Faust ins Gesicht. Ich hab seine Zähne erwischt, unser Herzblut fließt, bei mir aus der Hand, bei ihm aus dem Mund. Wir schauen uns an, er leckt sich die Lippen. Er tut mir schon wieder leid, fast will ich mich an ihn werfen und ihn um Verzeihung bitten, aber nein. Etwas hat sich in mir aufgerichtet, von der Zehenspitze bis zum Kopf, als hätt mir jemand eine Eisenstange eingesetzt. Ich hab mich wie eine Marionette umgedreht und bin zur Tür gegangen. So ganz steif geh ich die Treppe runter, daß ich nicht mal meinen Kopf bewegen kann. Ich weiß nicht, wie ich in mein Zimmer gekommen bin und wie ich mich ins Bett gelegt hab. In meinem Kopf hat's rumort, und meine Augen wurden immer trockener, als wenn alle Feuchtigkeit aus ihnen rausgedampft wär. Ich hab sogar Angst gekriegt, daß mein Kind von der ganzen Trockenheit festklebt und ihm dann was passiert. Es wurde immer schlimmer, im Mund, in der Nase. Ich hätt was trinken müssen, aber ich hab vor lauter Schwäche keinen Finger bewegen können.

Nachher wußte ich kaum, was eigentlich los war. Sie beugten sich über mich, meinen Kopf wollten sie anheben, aber der war ganz steif, weil die Stange innen drin im Weg war. Irgendwelche Hähne und Gummischläuche waren neben mir. Meine Venen haben sie mir angepikst. Und die Welt war kalt, weiß und flackrig. Menschen. Einmal Stefan, ganz verweint, dann wieder jemand Fremdes, der was gesagt hat, dann wieder mein Vater, und allen ist der Mund so im Gesicht herumgehüpft. Mal ist er auf der Wange, dann über dem Auge. Was ist los, hab ich gedacht, wo bin ich hier? Bis sich mir dann Stefans Gesicht ganz deutlich gezeigt hat und alles wieder an seinem Platz war: die Augen unter den Brauen, der Schnurrbart unter der Nase und erst dann der Mund. Und der sagt zu mir:

›Wanda, hörst du mich?‹

›Ich hör dich‹, sag ich. Und ich wunder mich, weil er so blöd fragt.

Da kniet Stefan hin, und sein Kopf sinkt auf meine Brust.

›Verzeih mir, Frau, du mein ein und alles‹, flüstert er.

Da weiß ich wieder nicht, was los ist.

›Haben wir denn schon geheiratet? Ich kann mich überhaupt nicht erinnern.‹

›Wir werden's tun, sobald du draußen bist.‹

›Da machen wir's vielleicht auch in der Kirche‹, sag ich leise, irgenwie hab ich plötzlich den Mut dazu, ›den Eltern zuliebe.‹

›Kirchlich, orthodox, buddhistisch, wie du willst. Und daß wir nur das Kind bekommen. Selbst wenn es schwachsinnig wird nach der Krankheit von dir.‹

›Bin ich denn krank?‹

›Du warst krank, aber jetzt wirst du gesund, du mein einziges Glück‹, sagt er und küßt mir die Hände.

›Aber Stefan, wo bin ich denn?‹

›Im Krankenhaus. Du hast ein Einzelzimmer und alles, wie es sich gehört.‹

Da bin ich plötzlich wieder ganz durcheinander. Und ich frag ihn, von was für einem Kind er da redet.

Er hat mich angeschaut, auch so verwundert.

›Erinnerst du dich nicht, daß du Mutter wirst?‹

›Ich?‹

Da nimmt er meine Hand und legt sie mir auf den Bauch. Ich spür, daß er irgendwie rundlich ist.

›Bin ich so dick geworden? Bestimmt von all dem Liegen.‹

›Ach woher, Wanda‹, er schaut mich an und weiß nicht, ob

ich ihn zum Narren halte. Aber ich bin müde, und das Denken fällt mir schwer.

Da kommt der Arzt rein. Stefan gleich zu ihm:

›Sie erinnert sich an nichts, Herr Doktor. Wird das jetzt immer so bleiben?‹

›Alles wird gut‹, sagt der Arzt, ›nur darf man sie nicht aufregen.‹

Stefan macht ein unglückliches Gesicht und flüstert etwas zu dem anderen. Er glaubt, ich würd es nicht hören. Es geht darum, ob ich auch wirklich normal bin. Da bin ich so wütend geworden, daß mir alles wieder eingefallen ist. Und ich schrei:

›Das wart doch ihr, du und deine Mama, die ihr mich so zugerichtet habt, daß sich mir alles verdreht hat. Aber keine Angst, ich will nichts von euch, heirate doch sie, davon träumt sie doch die ganze Zeit. Ich komm allein zurecht.‹

Stefan wär vor Freude beinahe an die Decke gesprungen. Nicht wegen dem, was ich gesagt hab, sondern weil mir mein Gedächtnis wiedergekommen ist.

Ganz schön lang lag ich in dem Krankenhaus, drei Monate. Nach meiner Entlassung haben mich meine Eltern zu sich aufs Land geholt, damit ich wieder auf die Beine komm. Na, und Stefan hat sich vom Chauffeur im Willys herfahren lassen. Aber von Hochzeit keine Rede, nur daß ich wieder zur Arbeit soll. Ich weiß nicht, wie ich meinen Bauch vor den Leuten verstecken soll, und er kommt angefahren und sagt, daß er es ohne Sekretärin nicht schafft. Meine Eltern haben nicht den Mut gehabt und sich gefürchtet zu fragen. Vater hat mich nur mit Blicken gedrängt, aber ich tu so, als ob ich es nicht seh, weil es irgendwie blöd und unpassend ist, jemanden an sein Versprechen zu erinnern. Ich hab gedacht, wenn er mit Vater erst mal Wodka trinkt, dann wird Stefan was sagen. Aber mit keinem Sterbenswörtchen hat er was davon gesagt. Mutter fand den Mut und sagte, daß ich jetzt gut ausschau und daß sie mir das Kleid am Bund weiter machen muß. Aber Stefan spielt den Dummen.

›Ihr habt eine hübsche Tochter‹, sagt er, ›die paar Zentimeter um die Taille schaden ihr nicht.‹

Na ja, wir haben uns in den Willys gequetscht, und am Waldrand ist uns dann Stefans Mutter vor die Räder gesprungen. Sie haben sie ins Auto gezerrt und sind auf der Stelle losgefahren. Ich blieb allein im Wald zurück. Stefan hat sich nicht mal nach mir umgedreht, einen solchen Schrecken hat ihm seine Mutter eingejagt. Ich geh die Straße entlang und weiß nicht, was ich von all dem halten soll. Ich schau zurück. Zu Vater und Mutter und dem Elternhaus ist es zu weit, da kann ich nicht zurückgehen, und vor mir nur ein kleines Zimmer bei fremden Leuten. Mit den Händen drück ich meinen Bauch ganz fest und sag zu meinem ungeborenen Kind:

›Gib der Mama Kraft, damit sie aus dir einen richtigen Menschen macht. Jetzt sind wir wohl ganz allein ...‹

Aber so nach einer halben Stunde, da seh ich, wie sich von den Lichtern der Stadt eines losreißt und auf mich zukommt. Der Willys bremst, der Fahrer sagt, daß Stefan ihn schickt, weil er selber bei seiner Mutter bleiben muß.

Und dann ist die Hochzeit gewesen, eine in der Stadt, die andere in der Gegend von Białystok bei meiner Tante, die dem Pfarrer dort den Haushalt macht. Nur meine Eltern waren da und halt meine Tante und der Pfarrer. Am Altar brannte nur eine Kerze, damit die Leute nicht unnötig was zum Reden hatten. Die Schatten sind über die Wände gehuscht und haben unsere Gesichter so verändert, daß wir alle aussahen wie in einem Aquarium mit Wasserpflanzen. So eins steht in Stefans Arbeitszimmer, und wenn kein Licht ist, bewegt sich darin alles ganz langsam und schläfrig.

Stefan hatte tiefe Augenringe, so daß ich es schon mit der Angst zu tun bekam. Ich sah bestimmt auch nicht besser aus. Dafür war dann nachher, im Pfarrhaus, alles sehr freundlich und hell, so daß die ganze Angst aus dem Herzen fort ist, und ich hab mir gedacht, daß uns schon alles gelingen wird. Nachher hat sich Stefan betrunken, und zum Pfarrer hat er gesagt, daß er zwar als Junge Meßdiener war, aber daß er die Pfaffen nicht ausstehen kann. Der Pfarrer war beleidigt und ist vor die Tür gegangen. Aber Tante Alina hat so eine Gabe, daß sie sogar die schlimmsten Streithammel wieder versöhnt. Stefan hat einmal angedeutet, daß er keine fünf Groschen wetten möcht, daß die nicht zusammen unter einem Federbett schlafen. Ich hab bei so einer Dummheit nur den Kopf geschüttelt.

Und jetzt haben wir eine Wohnung, wunderschön, ich geh nur herum und schau. Zwei ineinandergehende Zimmer mit einer Glastür dazwischen und vom Flur aus noch ein Zimmer, und die Küche und die Stube für das Mädchen. Sogar eine eigene Speisekammer. Und die Fenster, wie groß die sind, mit weißen Rahmen. Auf dem Boden ein Parkettmosaik aus Eiche. Die ersten Wochen bin ich nur auf Zehenspitzen gegangen und hab hinter mich geschaut, als wenn die echte Hausherrin mich erwischen und an den Haaren aus diesem Palast ziehen könnte. Hier hat einmal ein Arzt mit seiner Familie gewohnt, ein Pole, aber er hat den Krieg nicht überlebt. Die Familie hat man ausquartiert, weil der Sohn da in was reingeraten war. Es tut einem leid, sein Glück auf dem Unglück von anderen zu gründen. Ich sagte zu Stefan sogar, ob er nicht was nehmen könnte, was einem Deutschen gehört hat. Aber er fiel gleich über mich her, daß mir auch gar nichts gefällt. Dabei hab ich doch nicht deshalb..., nur wegen dem Unrecht. Stefan will nichts davon hören, und ich hab solche Angst. Daß nur der Liebe Gott uns nicht bestraft. Da war so eine Sache, da hat mich Stefan fast aus dem Haus gejagt, wütend ist er gewesen, wie ich ihn noch nie gesehen hab.

Ich schäl gerade Kartoffeln fürs Mittagessen, da läutet es auf einmal. Ich hab mir die Hände an der Schürze abgewischt und geh aufmachen. Vor der Tür eine Frau, ganz in Schwarz, nur die grauen Haare schauen unter dem Kopftuch hervor. Ich hab so einen Schreck gekriegt, ob das nicht ein schlechtes Zeichen für die Geburt ist, daß ich im ersten Augenblick die Tür vor ihrer Nase wieder zumachen will. Aber die Frau fällt gleich auf die Knie und nimmt meine Hand. Ich hab sie nicht mehr wegziehen können. Der Frau laufen die Tränen über die mageren Wangen, und sie sagt: Ich fleh dich an, hilf mir. Mein Sohn, der einzige, der mir geblieben ist, siebzehn Jahre, eine Granate hat man bei ihm gefunden, und jetzt kriegt er die Todesstrafe. Du wirst selbst bald Mutter, setz dich für ihn ein.

Hochgehoben hab ich sie von der Erde, ins Zimmer geführt und ihr irgendwelche Tropfen gegeben. Alles hat sie mir erzählt, daß er so begabt ist, Gedichte schreibt. Aus der Tasche hat sie ein paar Zettel gezogen, gelesen, die Tränen sind aufs Papier gefallen. Da hab auch ich von all dem angefangen zu schniefen, bei mir sind die Augen schnell naß, vor allem jetzt, wo ich schwanger bin. In dem Moment kommt Stefan herein. Er redet höflich mit ihr, aber mit so einer Stimme, daß es mir ganz kalt über den Rücken läuft. Daß das nicht von ihm abhängt, daß sie woanders hingehen soll. Darauf sie, daß sie schon überall war. Und ich sag nur, daß er in der Stadt doch den einen oder andern kennt. Er hat mich angeschaut wie eine Fremde und dann der Frau den Mantel gebracht, hat sie zur Tür begleitet. Er kommt zurück und sagt zu mir: Willst du mir die Karriere kaputtmachen, du dumme Kuh, wenn so was noch mal passiert, werf ich euch beide die Treppe hinunter... Das hat mein Stefan zu mir gesagt. Eine Woche lang haben wir kein Wort gesprochen, und dann kam die Nacht, in der wir in die Klinik fahren mußten. Stefan hat mich hingebracht, weil wir da schon ein Auto hatten. Unterwegs haben wir nichts geredet, aber als ich mit der Schwester gehen sollte, da faßte er meine Hand, hat sie geküßt und gesagt: Schenk mir einen Sohn...

Und dann kam so ein kleiner, schwacher auf die Welt, daß wir Angst hatten, ob er überhaupt am Leben bleibt. Gleich im Bett neben mir lag die Frau vom Kommandanten. Davor haben wir uns noch nicht so gut gekannt, durch das gemeinsame Kinderkriegen sind wir uns nähergekommen. Die Frau war sehr schön; die Augen schwarz, riesengroß, die Haare wie mit Teer bestrichen, steif und dick auf dem Kissen neben dem weißen Gesicht. Bei ihr war's die dritte Tochter, und bestimmt war damit noch nicht Schluß, weil ihr Władek auf einen Stammhalter wartete. Sie hat mir Ratschläge gegeben, wie ich die Milch abzieh, ohne daß ich wund werd. Wir haben halt so miteinander geredet, weil die anderen Frauen Abstand zu ihr hielten. Aber sie ist doch genau wie wir alle. Auch kein leichtes Leben. Vorher einmal, da war sie in der Nacht angerannt gekommen, ihr Gesicht noch weißer als sonst. Ihr Nachthemd war am Rücken zerrissen, die Haut zerkratzt, als wär sie durch Stacheldraht gelaufen. Dabei war er mit dem Messer auf sie los, weil sie später nach Hause gekommen ist. Und wo sie war? Und mit wem? Die Frau hatte keine Schuld, aber wie das so einem Verrückten erklären? Er ist ihr nachgerannt, wo ist diese Hure, schreit er. Stefan wollte ihn beruhigen, da hat er sich auf ihn geworfen und geschrien, daß er, ganz klar, seine Geliebte in Schutz nimmt.«

*

Wie hatte das eigentlich alles angefangen? Kurz vor Kriegsausbruch hatte er sich zufällig in einem Raum aufgehalten, in dem konspirative Versammlungen abgehalten wurden. Es war die Wohnung von Onkel Zygmunt gewesen, dem Bruder seiner Mutter.

An jenem Tag hatte man sie alle gegriffen, darunter auch ihn. Auf einmal war auf der Treppe das Getrampel beschlagener Stiefel zu hören gewesen, danach das Donnern der Kolben gegen die Tür. Einer der Polizisten hatte ein Mädchen roh behandelt, worauf er ihr beigesprungen war. Dafür hatten sie ihn mißhandelt. Er saß ein paar Monate, aber genau das ebnete ihm den Weg. Im Alter von vierundzwanzig Jahren Wojewode zu werden, das war doch ein ganz unglaublicher Erfolg. Er hatte keine Schwäche zeigen dürfen.

Verantwortung. Was steckte dahinter? Sich fürchten vor der Verantwortung oder keine Furcht empfinden. Schon eigenartig, wie sehr diese zwei Wörter zusammengehören. Bedeutet das, daß man immer in Furcht leben muß? Hätte er die Verantwortung nicht gefürchtet, hätte er sich dann anders verhalten? Vielleicht hätte er ja auch damals diese Jungs retten können. Schließlich war die Angelegenheit ziemlich belanglos gewesen: eine alte, verrostete Granate. Es konnte keine Rede von einer illegalen Organisation sein, alle wußten, daß es ein Dummerjungenstreich war. Alle, das waren die von der Geheimpolizei, die das Corpus delicti sichergestellt hatten, der Staatsanwalt, der die Anklage vorbereitet hatte, ja, und das Richterkolleg, das diese Kinder zum Tode verurteilt hatte. Und vielleicht er selbst, aber nicht unbedingt.

Er langte nach einer Zigarette.

Irgendwann, so Anfang einundfünfzig, war er nach Warschau gefahren, um seinen Onkel zu besuchen, der in der Klinik lag. Er traf ihn ganz verändert und mit aufgedunsenem Gesicht an. In seinen Augen hatte er einen neuen Ausdruck entdeckt: Außer der Gewißheit, sein Leben einer gerechten Sache geopfert zu haben, war da noch so etwas wie Überdruß.

»Meinst du, Zygmunt«, hatte er gefragt und sich umgeschaut, »daß wir aus dem Tritt gekommen sind?«

»Das könnte sein«, hatte jener nach einer langen Pause geantwortet.

»Wie soll es also weitergehen?«

»Nicht stehenbleiben. Langer Marsch vor uns, das kommt wieder ins Lot.«

Das war das einzige derartige Gespräch gewesen. Sie hatten es nie mehr fortgesetzt, sie hatten keine Gelegenheit mehr dazu gehabt.

Die Sache mit diesen Lausbuben. Warum hatte Wanda das aufgeschrieben? Sie hatte so viele Einzelheiten aus ihrem gemeinsamen Leben ausgelassen... Könnte das weibliche Intuition sein? Hatte sie entdeckt, daß mit dieser Geschichte sein langsamer Abstieg begonnen hatte? Äußerlich war gar nichts passiert, immer neue Ehren wurden auf ihn gehäuft, und doch begann der Boden unter seinen Füßen langsam zu schwanken. Um das zu überspielen, hatte er angefangen zu trinken. Es war so weit gekommen, daß er eine entsprechende Dosis intus haben mußte, um einschlafen zu können. Ob seine früheren Genossen, mit denen er nicht Schritt halten konnte, wußten, wie das passiert war? Wenn sie untereinander davon sprachen, daß Gnadecki keinen Mumm mehr habe, hatten sie dann auch nur kurz daran gedacht, wie es dazu gekommen war?

*

»Es hat mich so traurig gemacht, als wir unser erstes Nest verlassen mußten, alles hier hab ich mir liebevoll hergerichtet. Jeden Gegenstand hab ich in der Hand gewogen wie ein Gewicht auf der Waage unseres Glücks. Denn wir waren doch glücklich. Stefan hat mich fast nicht an unseren Sohn gelassen, hat die Windeln gewaschen, in der Nacht ist er aufgestanden, hat ihn gewickelt, und solche Wörter hat er für unser Kind gehabt wie nur selten ein Vater. Er war wirklich wie eine zweite Mutter, sogar zärtlicher als ich. So bin ich eben, ich kann nicht so viel aus mir rauslassen. Ich bewahr alles im Herzen, nur manchmal spülen meine Tränen die Gefühle nach außen.

Wir haben der Stadt Lebewohl gesagt, unserer vertrauten Welt, und sind in die Ferne gezogen, ins Ausland, zu den Deutschen, den besseren. Stefans Mutter war da dann schon mit dabei. Seit das Kind da war, ließ sie sich erweichen. Aber meinen Vornamen hab ich nie aus ihrem Mund gehört. Als würd sie sich an ihm verbrennen. Zu Stefan: deine Frau, zu Fremden sagt sie: die Schwiegertochter, und zu mir irgendwie gar nichts. Zwar redet sie was, aber als wär's zu jemand, der hinter mir steht. Zuerst hab ich mich sogar umgedreht. Wir gehen uns aus dem Weg. Sie ist jetzt die Mutter des Botschafters, ich die Frau. Beide haben wir unsere Aufgaben. Die Villa ist groß, da kann es passieren, daß wir uns mal einen ganzen Tag nicht begegnen.

Stefan schaut schon nicht mehr so jung aus wie einmal, er ist ein wenig dicker geworden, sogar ein Bäuchlein hat er angesetzt, aber so ein kleines, kümmerliches. Sein Gesicht ist schön, nur unter den Augen haben sich Säcke gebildet von diesen Cocktails. Das hat er sich so angewöhnt, daß er, wenn er nicht in der Hausbar vorbeischaut, nicht einschläft. Unser Bett ist ganz breit, da ist es gar nicht so leicht, sich zu treffen. Wenn ich an unsere Wohnung denk, dann zieht's mir den Magen zusammen. Hier ist es irgendwie fremd. In der Villa und auch in dem Bett. Vielleicht hat es sich bei

Stefan halt abgekühlt, und vielleicht hat er andere Frauen, dauernd schwirren welche um ihn herum. Aber ich weiß, daß er zu mir zurückkommt, ich weiß, daß er Sehnsucht kriegen und mich in dieser Bettwäsche aus Seide finden wird.

Na, und dann kam der Moment, als wir wieder wie früher zusammen waren. Und alles, weil uns ein alter Bekannter besucht hat. Genosse Giełas, er war auf Dienstreise, schon nicht mehr aus Breslau, sondern aus Warschau. Stefan hat ihn zu uns eingeladen. Zu dritt saßen wir zusammen, weil die Schwiegermutter früher schlafen gegangen ist, und tranken und erinnerten uns an alte Zeiten. Stefan hat gefragt, was vom Blutigen Władek zu hören ist, denn so einen Spitznamen hat Kommandant Peterek gehabt. Wie sich herausstellt, hat ihn der Rheumatismus fertiggemacht, und er ist in Rente gegangen. Na klar, sagt Stefan, der hat seinen Beruf nicht mehr ausüben können, den Finger hat er nicht mehr krümmen können. Aber weißt du, was für eine Geschichte mir meine Alte eingebrockt hat? Erinnerst du dich an die Sache mit diesen Gymnasiasten, wo sie bei einem eine Granate gefunden haben? Verstehst du, da läuft ein Schauprozeß, die werden zum Tode verurteilt, und ich komm nach Hause und seh, wie meine Frau mit der Mutter von dem einen Tee trinkt. Ich sag dir, eine Szene wie aus der Ahnenfeier*. Die Alte in Schwarz ist gekommen, um für ihr einziges Kind um Gnade zu bitten. Aber mir war damals überhaupt nicht zum Lachen. Wir hatten schon genug Feinde. Nur du hast nicht an meinem Stuhl gesägt. Und Stefan drückte Giełas an sich, und sie küßten sich ab, und da wurde es in diesem fremden Haus ganz warm. Als Giełas weggefahren ist, hat Stefan seinen Arm um mich gelegt. Wir haben

* Wichtiges polnisches Werk von Adam Mickiewicz [Anm. d. Ü.].

unsere Körper gespürt, ganz nah, einer neben dem anderen. Da hat er mich schon auf der Außentreppe, rapsch, auf die Arme genommen und mich ins Schlafzimmer getragen. Nicht dort, flüster ich, da ist zuviel Platz. Dann, wo du willst, flüstert er zurück. Im Eßzimmer auf dem Teppich wie beim ersten Mal. Erinnerst du dich? Wie könnt ich das vergessen haben, du mein Glück, mein einziges, sagt er. Ja, und auf dem Teppich waren wir dann so glücklich, Stefan war so wild und feurig, er hat mich völlig ausgefüllt, daß ich hab schreien wollen, ich weiß schon selber nicht mehr, ob vor Schmerz oder vor Glück, daß ich ihn wieder für mich hatte.

In uns hat sich wieder etwas geöffnet. Stefan hat auch nicht mehr so viel Arbeit gehabt, kam früher heim. Wir haben nur darauf gewartet, bis es Abend wird und wir ins Bett gehen, das plötzlich kleiner gewesen ist, gleich sind wir dann immer irgendwie aneinandergestoßen, da mit dem Fuß, da mit dem Arm, und schon ging alles wie von selber, Stefan hat mich umarmt, und ich hab ihn ganz eng mit den Schenkeln umschlossen, weil wir einander so am nächsten waren. Wanda, hat er mir zugeflüstert, Wanda, und mein Herz hat geschlagen wie bei uns zu Hause die Feuerglocke.

Einmal, wir sitzen gerade beim Frühstück, kommt die Schwiegermutter rein. Stefan springt gleich auf, will ihr den Stuhl zurechtrücken. Nicht nötig, mein Sohn, sagt sie mit so einer komischen Stimme, schlecht siehst du aus, du schläfst wohl nicht gut. Er hat gelächelt, wie sie das sagt, und sie hat das wohl gesehen, weil sie ihren Hals zu mir gereckt hat wie ein Gänserich, ihre Augen sind ganz schmal geworden. Ich erlaub nicht, daß du mir mein Kind ruinierst, sagt sie, da kriegst du es vorher mit mir zu tun. Stefan hat einen solchen Schreck bekommen, daß ihm der Mund offenstehen blieb, aber sie ist rausgerannt. Dann kommt sie mit einem Leintuch zurück und hält es uns unter die Nase. Was hast du denn, Mama? Stefan ist auf einmal ganz bleich, bestimmt ist ihm die Szene im Wald wieder eingefallen. Und sie fängt an zu zählen, zwei, drei, vier . . ., bis zehn ist sie gekommen. So viel würd auch einer Hure reichen, schreit sie.

Jesus, als ich das hörte, bin ich aufgesprungen. Der Stuhl ist umgekippt. Stefan wollt mir wohl nach, aber sie hat ihn nicht gehen lassen. Sie hat so getobt, daß man sie wahrscheinlich auf der Straße gehört hat. Nachher wurde es dann still.

Er hat nicht mehr zu mir reingeschaut, ich hab gehört, wie er weggefahren ist. Der Kies ist unter den Reifen nur so weggespritzt. Ich bin zu Michał gerannt, unserem Sohn, und hab meinen ganzen Kummer in seinen blonden Haaren ertränkt. An dem Tag kam Stefan spät heim, ich hab gewartet, aber er ist nicht ins Schlafzimmer gekommen, irgendwo in unserem großen Haus hat er sich verirrt. Und so ist es dann geblieben, er hat von da an auf dem Sofa im Arbeitszimmer geschlafen.

Einen Monat hat's gedauert, dann noch einen, Silvester stand vor der Tür. An so einem Abend muß man sich mit seiner Frau zeigen, es geht nicht anders. Na, da sind wir gegangen, zu dritt, ich, er und die Schwiegermutter. Bei Michał ist Władzia geblieben, ein Mädchen aus unserem Dorf, das meine Mutter für das Kind gefunden hat.

Der Ball war wunderbar, so viele Lichter von den Kronleuchtern, daß ich sie die ganze Zeit hab anschauen wollen, und mehr hätt ich gar nicht gebraucht, um glücklich zu sein. Stefan im Frack, schon mit diesem kleinen Bäuchlein an seiner mageren Figur. Wir haben sehr schön ausgeschaut, weil ich ganz in Weiß war, als wär's für eine neue Hochzeit. Am Mieder ein Besatz aus echter Spitze, auch die Schuhe weiß und mit hohen Absätzen. Ich sah wohl wunderschön aus, denn die Männer haben richtig geguckt. Stefan hat das auch gemerkt. Er war eifersüchtig. Ich hab gelächelt und ihm so in die Augen geschaut, daß er sich, glaub ich, an alle unsere gemeinsamen Augenblicke erinnert hat. Da ist in ihm etwas weich geworden. Er hat mich am Arm genommen. Komm, tanzen wir ein bißchen, sagt er. Da haben wir also getanzt, so ganz nah beieinander. Das Kleid hat die Wahrheit ans Licht geholt...

Wir tanzen nur miteinander, die Lichter in den Kristallen über unseren Köpfen schillern und glitzern. Stefan flüstert: Wanda, wenn wir jetzt allein wären, würd ich dich in den Hintern kneifen, aber so gehört sich das nicht, diese Idioten schauen zu. Ein- oder zweimal fing ich den Blick der Schwiegermutter auf, ein böser Blick, aber ich hab mir nichts mehr daraus gemacht. Ich hab gespürt, daß mir Stefan diesmal nicht davonläuft, daß dieser Ball uns mehr verbindet als die Stola in der kleinen Kirche bei Białystok. Zusammen werden wir zurückgehen, und nichts wird uns trennen, nicht mal die Bosheit dieser seltsamen Frau.

Und so war es auch. Wir sind nach Mitternacht gegangen, weil wir es eilig hatten, allein zu sein. Schon im Auto fing Stefan an, mich auszuziehen. Ein bißchen hab ich mich wegen dem Fahrer geniert, aber mein weiblicher Instinkt hat mir gesagt, daß ich jetzt unser Leben nicht mit irgendeinem dummen Schamgefühl kaputtmachen darf. Ich hab ihm alles erlaubt, sogar, daß er mir den Schlüpfer auszieht, und auch, daß er mit seinem Kopf unter mein weißes Kleid kriecht. Der Fahrer hat in den Spiegel geguckt, aber ich hab ihn so angeschaut, daß er seine Augen gleich wieder auf die Scheibe vor sich geklebt hat. Stefan macht da so rum unter meinem Kleid, berührt mich, stöhnt ›Wanda‹, berührt mich wieder, ich will deine Fingerchen. Da hab ich sein geschwollenes Glied genommen, und ich hab genau gewußt, wo er seine Stellen hat. In seiner Kehle hat es gekocht, seine Zähne hat er mir in die Schenkel geschlagen, zwei-, dreimal hat er zugebissen, als hätt er einen Anfall. Aber ich hab gewußt, für mich heißt das ein glückliches Leben mit dem geliebten Mann, heißt das Kraft und Hoffnung. Wanda, hat er geschluchzt, bei wem hast du das gelernt, kannst du mir das verraten? Von der Liebe hab ich es gelernt, hab ich gesagt, sie läßt auch einen Blinden wieder sehen.

An diesem ersten Tag des neuen Jahres neunzehnhundertvierundfünfzig wach ich auf und schau zum Fenster, das hell ist, weil der Tag sonnig ist und weil Frost ist. Ich müßte mit Michał spazierengehen, denk ich und streck meine Knochen, so weit ich kann, aber da kommt Władzia ganz verheult herein und sagt, daß ich mich anziehen soll, weil da welche gekommen sind und ich mit ihnen gehen muß.«

*

Das hatte einfach so ablaufen müssen, da gab es schon kein Zurück mehr. Diese blöde Gans hatte vermutlich bis zuletzt nicht gewußt, wem sie ihre Scheidung verdankte. Wenn sie damals länger geblieben wären, hätte es vielleicht nicht so weit kommen müssen. Aber nein, sie hatte es nicht lassen können und ihn provoziert. Sie war herrlich gebaut, das muß man zugeben. Er hatte den Kopf verloren, hatte sich in ihrem Schlüpfer verirrt. Er hatte vergessen, daß Mama allein auf dem Ball zurückgeblieben war. Sie war dann im Auto mit der Frau des deutschen Stasi-Chefs heimgefahren und hatte wie beiläufig erwähnt, daß Wandas Vater während der Besatzung Gemeindesekretär gewesen sei und die Listen geführt habe, nach denen die Leute zur Zwangsarbeit verschickt wurden. Diese berühmten Kontingente ... Was dann alles losbrach, arme Mama, sie hatte nicht geahnt, in was sie auch ihn da hineinzog. Der Haß auf Wanda hatte ihre

Mutterliebe überschattet. Und war so eine Anschuldigung erst einmal vor Fremden gefallen, dann konnte man nicht mehr so tun, als wüßte man nichts. Wandas Taufpate, ein erprobter Kommunist, war ein zu schwaches Alibi. Es reichte für Polen.

Er war umgehend abberufen worden.

Nach der Scheidung von Wanda hatte er eine kurze Phase gehabt, während der er stark getrunken und Abenteuer mit beliebigen Frauen hatte. Das war so lange gegangen, bis er Wiesia getroffen hatte.

Wenn man noch einmal von vorne anfangen könnte... Die Geschichte mit den dreien, so nannte er das in Gedanken... Warum hatte Wanda das beschrieben, für sie müßte das doch ohne Bedeutung gewesen sein? Sie hatte ihm uneingeschränkt vertraut, und es war ihr nicht der Gedanke gekommen, er könnte sich niederträchtig oder feige verhalten haben. Sie hatte akzeptiert, daß es offensichtlich nicht anders ging. Sie waren im übrigen auch nie mehr auf dieses Thema zurückgekommen. Na gut, damals mit Giełas. Er hatte es als Witz erzählt, hatte gelacht, obwohl er sich innerlich schutzlos gefühlt hatte, ja: schutzlos. Er hatte diese Rotznasen gehaßt, weil er durch sie entdeckt hatte, daß er im Grunde genommen ein schwacher Mensch war. Er hätte das zur Kenntnis nehmen und weitermachen sollen. Es lebten nicht nur Tapfere auf dieser Welt. Und dann wieder, wenn man tiefer schauen würde, wer weiß, was sich da fände. Darum ging es nicht. Es ging um ihn, darum, daß er sich immer unruhig umschaute.

An Allerseelen war er die Nowy Świat entlanggegangen, vor gar nicht so langer Zeit, vor sechs oder sieben Jahren. Von weitem hatte er eine Frau in Schwarz gesehen, die vor einer Tafel zum Gedenken an Opfer des deutschen Terrors gekniet und ein Windlicht angezündet hatte. Er war langsamer gegangen, und dann hatte er kehrtgemacht. Das war doch bestimmt nicht sie, konnte nicht sie gewesen sein, aber trotzdem war er davongelaufen.

*

»Meist sitz ich auf der Bank vor dem Haus, die Hände über den Knien gefaltet. Die Tante schaut aus dem Fenster. Gehn wir wohin, Wanda, sagt sie. Das Wetter ist schön, man kann im Fluß baden. Aber ich möcht hier sein, mit dem Rükken gegen die warme Wand gelehnt. Das Holz riecht, das Pfarrhaus ist nämlich aus Holz, vor mir Blumen, die ihre Köpfe von der Hitze hängen lassen, das gefällt mir, es ist still, friedlich. Die Tante vergießt leise Tränen wegen mir, aber das ändert doch überhaupt nichts. Davon kommt mein Stefan nicht zurück. Ein böses Schicksal hat uns getrennt, oder vielleicht sind es auch nur böse Menschen gewesen.

Manchmal setzt sich der Pfarrer zu mir, faltet die Hände über dem Bauch, seiner ist größer als der von Stefan, weil der Pfarrer überhaupt rundlicher ist. Verzeih, sagt er, hadere nicht, denn das macht dich nur kaputt. Du bist jung. Dein Leben wird schon noch in Ordnung kommen. Mein Leben, das ist mein Stefan, antworte ich, mit dem man mich nicht im Sakrament leben läßt. Der Pfarrer nickt nur, die paar Haare, die ihm geblieben sind, streicht er glatt, aber störrisch richten sie sich wieder auf. Jesus Christus sagt: Wenn einer einen Stein nach dir wirft, dann wirf du mit Brot nach ihm. Und dann sagt er noch: Wenn dich einer auf die Wange schlägt, reich ihm die andere. Aber, Herr Pfarrer, ich weiß doch nicht einmal, auf wen ich das Brot werfen und wem ich die Backe hinhalten soll. Die haben befohlen, daß ich mich von Stefan scheiden lassen muß, weil entweder ich oder seine Karriere. Was konnte dieser Mensch da tun, ist doch schon zu weit gekommen, als daß er sich von seinen

Würden hätt lossagen können. Und selbst wenn er sich losgesagt hätte, dann wär's für uns doch auch kein Leben gewesen, weil er mich für seinen Sturz verantwortlich gemacht hätte.

Und wozu ist den Menschen die Liebe gegeben, wo sie so viel Schmerz mit sich bringt? Ich sitz hier auf der Bank vor dem Holzhaus, und statt Blut fließt Leid in meinen Adern. Ich hab alles gehabt: die Liebe eines Mannes, ein Haus, ein Kind. Jetzt bin ich von ihnen getrennt, sogar meinen Namen hab ich zurückgeben müssen. Dabei kenn ich doch diese Wanda Dziubek gar nicht, das ist eine fremde Frau, die mich wegen allem fragt. Und ich bin wie ein Blatt im Wind. Ich weiß nicht, sag ich ihr. Ich weiß nicht, such selber, was du brauchst, denn ich kann dir nicht helfen.

Einmal hat der Pfarrer zu mir gesagt: Wanda, komm, hilf mir bei den Bienenstöcken, aber setz dir einen Hut auf, weil dich sonst die Bienen stechen. Aber ich hab nur den Kopf geschüttelt. Ich bin zu bitter. Und es ist auch keine zu mir geflogen, so arg haben sie mein Unglück gemieden.

Im Winter hab ich dann nicht mehr draußen sitzen können und mich im Pfarrhaus rumgedrückt, von einer Ecke in die andere. Bis eines Tages die Tante gekommen ist und gesagt hat: Genug jetzt, ich hab mit dem Lehrer gesprochen, sie nehmen dich dort. Zuerst hab ich mich erschreckt, daß ich vor Fremden den Mund aufmachen soll, aber dann hab ich mir gedacht, das sind doch Kinder. Genau solche wie mein Michał, vielleicht werd ich mich ihm dann näher fühlen.

Also bin ich in die Schule gegangen. Und irgendwie ist es mir leichter geworden, als wenn die ganzen schwarzen Rauchschwaden jetzt einen Ausgang aus mir gefunden hätten und mich nicht mehr jeden Augenblick, Tag und Nacht, vergiften. Der Lehrer ist jung, sieht gut aus und ist so höflich. Von ihm hab ich gelernt zu rauchen, weil es mir unangenehm war, abzulehnen. Das erste Mal bietet er mir welche an, ich sag, ich rauch nicht, das zweite Mal dasselbe, aha, aha, richtig, ich hab es vergessen, beim fünften Mal hab ich die Zigarette dann genommen, und es hat mir gleich geschmeckt. Ich hab nicht husten müssen wie andere beim ersten Mal. Das ging richtig los mit dem Rauchen, ich hab schon kaum mehr bis zur Pause warten können, um endlich diese Zigarette zwischen die Lippen zu stecken und den Rauch in der Lunge zu spüren.

Der Lehrer ist ganz allein in dem Dorf, und eine Frau gibt es da nicht bei ihm. An Weihnachten bleibt er auch hier. Da haben wir ihn ins Pfarrhaus eingeladen. Die Oblate haben wir zusammen gebrochen, und der Pfarrer hat plötzlich gesagt, daß es doch jetzt immer so sein soll. Ich schau den Pfarrer an, er schaut den Pfarrer an, und der wischt sich die Tränen und sagt, daß ich sein liebstes Kind bin, denn eigene hat er ja nicht, hat auf dieser Erde einen Posten übernommen, auf dem er selber nur einen Dienst erbringen muß. Also damit hat er aber gleich Unfrieden gestiftet. Denn der junge Mann hat mich mit seinen Augen verfolgt. Die Bluse hat er mir durchleuchtet. Ich hab eine solche Wut auf den Pfarrer gekriegt, aber was konnt ich schon tun. Schauen darf jeder, deshalb kann man keinen Skandal machen, weil man nur selber dumm dastehen würd. Ich hab angefangen, weite Sachen zu tragen, um den Armen nicht unnötig in Versuchung zu führen. Einer anderen Seele und einem anderen Körper gehör ich doch. So eine Woche lang hab ich das Kleid getragen, und da sagt er in der Pause: Pani Wanda, wenn man eine solche Figur hat, dann muß man sie nicht verbergen, sollen doch wenigstens die Augen eine Freude haben. Ich hab mich ganz dumm gefühlt, hab nicht gewußt, was ich sagen soll, aber die Sachen hab ich nicht mehr angezogen. Soll er halt schauen, wenn's ihm dann leichter ist.«

*

Also hatte ihn sein Gefühl nicht getäuscht. Wanda hatte die Mentalität einer Hure. Zu leicht hatte sie sich ihm hingegeben, als daß sie es nicht auch mit anderen gemacht hätte. Ein Lehrer. Irgend so ein jämmerlicher Schlappschwanz! Schon immer hatte es ihn in den Fingern gejuckt, so einem eine Abreibung zu verpassen. Die Reaktion hätte ihn interessiert, ob er aufstehen und zurückschlagen würde oder ob er sich ducken und das Weite suchen würde. Der da sah aus, als hätte er den Schwanz eingezogen und wäre abgehauen. Vor Wut spannte er seine Kiefer an. Er langte nach einer Zigarette. Heftig zog er den Rauch ein. Seine Augen fingen an zu tränen. Abbau, ging es ihm durch den Kopf, Gebrechlichkeit! Von allen Sünden konnte er sich das Altern am wenigsten verzeihen. Seit einiger Zeit verfolgte ihn der Geruch von Moschus. Er hatte das Waschpulver gewechselt, hatte sogar teuer für das aus dem Devisenladen bezahlt, nur um festzustellen, daß es nicht seine Kleider waren, die so rochen, sondern er selbst.

*

»Ich saß mit der Tante am Küchentisch, und wir redeten so über unwichtige Dinge, einfach, um zu reden und von einem zum andern zu kommen. Die Tante hat auch kein leichtes Leben gehabt. Sie hat den Mann nicht gefunden, mit dem sie hätt zusammen sein wollen, da hat sie sich unter die Fittiche der Kirche begeben. Sie putzt und kocht für einen Mann Gottes. Aber kann das für eine Frau genug sein, die dafür gemacht ist, Kinder zu gebären und großzuziehen? Das mit den Kindern wär ihr am wichtigsten gewesen. Ein bißchen hat sie sich an mir ausgelebt, aber lieber hätt sie's gehabt, wenn ich jünger gewesen wär, immerhin werd ich bald in ihrem Alter sein. Als ich zehn Jahre alt war, da war sie zwanzig, ich ein Kind und sie eine junge Frau. Als ich zwanzig war, war sie dreißig, ich war ein junges Mädchen und sie schon eine Frau, jetzt bin ich dreißig, sie vierzig, und beide wissen wir dasselbe von der Welt.

Weißt du was, Wanda, du solltest hinfahren und deinen Sohn sehen. Das können sie dir nicht verbieten, du bist seine Mutter. Vielleicht kannst du ihn für zwei Tage herbringen. Er würd sich an den Äpfeln und Birnen aus unserem Garten satt essen, mit dem Pfarrer würd er sich bei den Bienenstöcken rumtreiben und mit ihm fischen gehen. Traurig nicke ich, Stefan hat es verboten. Aber wer ist er, der Liebe Gott, daß er über das Leben von Mutter und Kind entscheidet? Das kann nur der Herrgott, jemanden fortnehmen, wenn er dazu Lust hat. Da hab ich nachgedacht und hab gedacht, daß sie recht hat mit dem, was sie sagt.

An einem Samstag bin ich gefahren. Ich kam zu den Bekannten von uns, denen von mir und Stefan, als wir noch im Ausland waren. Er war in der Telefonzentrale gewesen, seine Frau hatte sich um die Kinder gekümmert. Ihr jüngerer Sohn war im Alter von Michał, da haben sie zusammen gespielt. Ich hab's ihnen nie verboten, obwohl ich die Frau vom Botschafter war und sie kleine Angestellte. Ich bin oft zu ihr gegangen, und wir haben über alles mögliche geredet. Wie Frauen eben. Jetzt bin ich hin, um die Adresse von Stefan zu kriegen. Zuerst haben sie sich gewunden, daß sie nichts wissen, daß ich vielleicht lieber woanders hingehen soll. Aber als ich dann geweint hab und gesagt hab, daß ich das Kind so lange nicht gesehen habe, da sind sie weich geworden. Sie schauten sich an, dann hat sie gesagt: Gib ihr die Adresse. Er hat sie auf einen Zettel geschrieben.

Ich geh hin. Mein Herz macht solche Sachen, daß man fast zuschauen kann, wie es sich verhaspelt, und man mich gleich für tot halten kann. Ich starr auf die Tür, die Stefan jeden Tag sieht, und sie ist für mich das Allerschönste auf der Welt, auch wenn da und dort die Farbe abblättert. Sie haben wohl einen Hund, denn da sind Spuren wie von Krallen, und das vor allem bei der Klinke.

Ja, und Schritte. Von einer Frau. Da geht bei mir schon die Freudenlampe aus. Wenn eine Frau aufmacht, dann seh ich weder Michał noch Stefan.

Sie, die Mutter. Schaut und tut so, als sei ich eine Fremde, als wären wir uns nie begegnet. Wenn Sie Kalbfleisch haben, sagt sie zu mir, da brauchen wir keines. Zu meinem Sohn bin ich gekommen, antworte ich und schau sie unverwandt an. Da hat sie versucht, Ausflüchte zu machen, sie weiß nicht, was sie sagen soll. Schließlich: In der Schule. Dann wart ich, geb ich zur Antwort und bin dabei, mich auf die Stufen zu setzen. Darauf sie, daß das hier nicht erlaubt ist, daß hier ein elegantes Haus ist und man nicht im Treppenhaus sitzt. Vielleicht würd ich gar Zigaretten rauchen und die Kippen liegenlassen. Ich rauche, sag ich und zieh meine Sporty und Feuer aus der Tasche. Aber ob es von dem Rauch war oder von den Nerven, mir ist schwindelig geworden, und ich hab mich am Geländer abstützen müssen. Die Bewegung hat ihr meine Schwäche gezeigt. Und schon wird ihr Hals länger, schon zischt sie: Er hat eine Frau, die liebt er, sie werden heiraten. Sollen sie nur glücklich werden, antworte ich, nur das wünsch ich Stefan. In ihrem Rachen gurgelt es, als würd sie sich wirklich in einen Gänserich verwandeln. Und zu mir: Das geht dich gar nichts an, geh von der Tür weg, du erreichst doch nichts. Darauf ich, daß sie mich meinen Sohn sehen lassen soll. Dann geh ich wieder und laß euch in Ruhe, aber ihm möcht ich wenigstens einmal über den Kopf streichen. Der ist schon zu groß für Streicheleien, was ist los, kannst du nicht rechnen? Das ist kein Kind mehr, sondern ein junger Mann. Die Größe vom Vater hat er nicht, aber die Begabung, die hat er von den Gnadeckis.

In dem Moment geht der Aufzug auf, und Michał kommt raus. Ich hab ihn gleich erkannt, und es hat mich ganz eigenartig berührt, daß er im Aussehen mehr mir nachschlägt als Stefan. Früher hab ich das nicht gemerkt. Jetzt steh ich da und krieg keinen Ton raus. Alles in mir erstarrt, so daß ich nicht einmal fühl, wie mein Herz schlägt. Aber mein Junge geht an mir vorbei, schaut nicht einmal, mit wem die Oma da auf der Treppe redet. Nu, sagt die Alte, jetzt pack dich. Ich bin völlig starr, als sie mir die Tür vor der Nase zuschlägt.

Wie ich aus diesem Warschau zurückgekommen bin, mit welchem Zug...? Ich bin von der Bahnstation den Feldweg entlang und war innerlich so aufgewühlt, wozu eigentlich die Tage auf eine Schnur reihen, von der man nicht mal weiß, wie lang sie ist. Vielleicht wär's einfach Zeit, ihr Ende zu finden... Aber als ich durch die Tür ins Pfarrhaus geh, hab ich den Gedanken, der kälter ist als der Tod, schon vergessen. Die Tante hat sich an mich geworfen, wir haben uns umarmt und beide geheult. Hast du ihn gesehen? Ich hab ihn gesehen. Er ist größer geworden, aber richtig groß wird er nicht. Die Statur hat er von mir, und vom Gesicht ist er mir ähnlicher als Stefan. Na siehst du, es ist dein Kind, und du hast es dir einfach wegnehmen lassen. Was bist du nur für eine Mutter. Auf ein Kind haben immer zwei das Recht, sag ich, soll es halt der bei sich haben, der besser ist und klüger. Die Tante wiegt den Kopf. Als wenn dir dein Stefan nicht schon genug angetan hätt, und du redest von ihm wie von einem Heiligen. Weil er für mich einer ist. Soll er mich ruhig auch noch mit Füßen treten, ich werd sie ihm noch küssen. Die Tante hat mit den Händen gefuchtelt: Hör auf, Wanda, du machst mir richtig angst. Laß nur, ich bin ganz normal, nur die Welt ist halt nicht für die Menschen, das Gute hat sich mit dem Schlechten vermischt wie das Korn mit der Spreu im Sieb. Ich such mir das Korn aus. Die Tante schaut mich an: Daß nur dein Korn nicht vergiftet ist. Und dann geht sie gleich, sie mag mich nicht sehen, wie mir die Augen leuchten, wenn ich von Stefan red. Sie mögen nicht von ihm reden, weder sie noch der Pfarrer, man merkt, daß er das mit den Pfaffen nicht vergessen kann.

Es war so gegen Abend, in der Küche brannte schon die Lampe. Da brummte ein Motor, und ich hab gleich gewußt, was das bedeutet. Gerade noch hab ich's geschafft, in mein Zimmer zu laufen und mich zu kämmen. Gut, daß ich am Tag vorher meine Haare gewaschen und Lockenwickler reingedreht hab. In letzter Zeit hab ich dazu keine Lust gehabt, und die Haare waren nach einer Dauerwelle ganz strähnig. Und jetzt – als hätt ich's geahnt. Mit dem Kamm fahr ich einmal durch die Locken und noch einmal, und schon bin ich wieder in der Küche und warte, daß er reinkommt. Da ist er. In der Tür zieht er seinen Kopf ein. Er schaut mich an. Ich ihn. Er wieder mich. Wir können beide kein Wort sagen. Nur unsere Augen laufen über des anderen Gesicht, halten die Veränderungen fest. Alles, wie es war, nur die Schläfen jetzt grau, so viele graue Haare in nicht mal zwei Jahren. Wo ist da sein Glück mit der anderen, denk ich mir.

Und wahrscheinlich hätten wir weiter so gestanden, wenn nicht die Tante gewesen wär. Sie tat, als wüßt sie nicht, daß jemand gekommen ist, als ob sie das Auto nicht gehört und es nicht draußen bei der Pumpe gesehen hätte. Hast du dich mal wieder an uns erinnert, sagt sie. In Białystok hab ich eine Besprechung, da dachte ich, ich schau, wie ihr hier lebt.

Licht hat man euch, wie ich seh, gelegt. Na und Gott sei Dank, unser Dorf war fast das letzte im Plan, da versuch mal, Petroleum zu kriegen, wo überall die Glühbirnen brennen.

Wir sitzen am Tisch, die Männer trinken ein Gläschen und noch eins und noch eins. Der Pfarrer sträubt sich schon, aber Stefan drängt ihn, schnappt sich die Karaffe und gießt nach. Zu mir schaut er nicht hin, er schaufelt nur von seinem Teller, was ihm die Tante auflegt. Alles ist gut bei euch, wenn ich länger bleiben würd, käm ich nicht mehr durch die Tür. Darauf die Tante: Und wer hindert dich daran? Ein paar Kilo würden dir nicht schaden, du siehst grad aus wie einer mit Schwindsucht, vielleicht hast du was an der Lunge. Hast du dich mal untersuchen lassen? Die Lunge ist in Ordnung, aber das Herz macht sich bemerkbar. Beim Treppensteigen ist es, als hätt ich einen Korken im Hals. Die Tante: Kein Wunder, die Stadt ist ungesund, der Staub, das Benzin, das geht alles in einen rein. Er: Dafür geht es euch gut, Wanda wie eine Rose, die Brust rausgestreckt, die Augen glänzen. Aber schonen tut sie sich auch nicht, eine Zigarette nach der anderen. Du rauchst ja, Wanda! Also nein, das glaub ich nicht. Er zieht seine Sporty raus, bietet sie an. Zeig mal, ob du inhalierst. Da hab ich eine genommen, und mir ist ganz warm geworden bei dem Gedanken, daß wir beide dieselbe Marke rauchen. Ganz fachmännisch, wie du rauchst, sagt Stefan und rutscht näher zu mir. Sein Arm landet auf der Lehne von meinem Sessel. Wie lebst du so, erzähl. Ich unterrichte in der Schule. Hier, im Dorf. Was ist das für eine Arbeit, rümpft er die Nase, wenn du willst, find ich dir was in Białystok. Gut, stimm ich gleich zu und nicke eifrig, damit er nicht denken soll, ich sei mir nicht sicher. Wie du's sagst, so soll's sein. Na hör mal, Wanda, du bist erwachsen, denk mit deinem eigenen Kopf, nicht mit meinem. Ich: Soll denken, wer klüger ist. Er lacht mich an, ich spür, wie er meinen Nacken berührt. Na, ein kleines Polster hast du da, weißt du, daß ich das bei Frauen mag? Und was jetzt, es ist spät, wär gut, sich ein wenig hinzulegen. Was ist mit meinem Fahrer? Darauf die Tante: Alles bestens, hat gegessen, jetzt schläft er im Zimmer bei der Küche. Für dich hab ich das Bett im Eßzimmer gemacht. Und ist geheizt? frag ich. Nur keine Angst, er wird nicht erfrieren, das Federbett ist warm und flauschig. Im Kalten schläft's sich gesünder. Dann schlaf ich da und Stefan bei mir. Wie soll der in dein Bett passen, die Beine werden ihm rausstehen. Schon gut, unterbricht uns Stefan, du gehst schlafen, Tante, und wir kommen hier allein zurecht. Da ist die Tante also auf ihr Zimmer, beim Pfarrer waren's schon zwei Stunden, daß er gegangen ist. Wir sind allein geblieben. Und da ist's wieder still zwischen uns geworden. Dann geh schlafen, Stefan, wo du morgen früh fahren mußt. Und du, was ist mit dir? Ich wasch noch die Sachen vom Abendbrot ab. Laß die Teller stehen, die fliegen schon nicht fort, komm zu mir. Seine Augen sprechen mir von Liebe. Ich schau und weiß schon alles über meinen Stefan, daß er es nicht vergessen hat, daß ich genauso tief in ihm bin wie er in mir. Seine Hand legt er mir auf die Brust, und ich drück sie mit meiner ganz fest an mich. Und wir sind in das Zimmer, in dem den ganzen Winter nicht geheizt wird. Stefan, schon betrunken, hat sich so auf mich gestürzt, daß ich kaum Luft gekriegt hab. Zum Glück ist er dann gleich weich geworden und von mir runter auf die Seite gerutscht. Hast nichts davon gehabt, 'tschuldigung, sagt er.

Weswegen entschuldigt er sich, mein Mann?«

*

Er hatte einen unruhigen Traum gehabt. Ein Femegericht, brennende Kreuze auf einer Anhöhe. Danach wurde er von steigendem Wasser emporgetragen, das seinen Mund füllte, er rang nach Luft. Er wollte schreien und konnte keinen Ton hervorbringen. Vielleicht lag es an der Verdauung. Er hatte nachts Wandas Tagebuch gelesen. Danach war er hungrig geworden, hatte ein Stück Wurst aus dem Kühlschrank genommen und es im Stehen gegessen. Nicht mal ein Brot hatte er sich abschneiden wollen. Ja, es war die kalte Wurst. Alles geriet langsam ins Wanken. Es war soweit gekommen, daß er es als einen Erfolg ansah, wenn es ihm gelang, bis zum Abend ohne größere Gebrechen durchzuhalten. Leichte Schmerzen begleiteten ihn immer. Er hatte gelernt, nicht weiter darauf zu achten.

Gegen zehn kam Michał.

»Fährst du denn heute nicht?«

»Ich bin am Nachmittag dran. Bin einfach so von zu Hause weg, meine Alte macht mir schon seit heute morgen die Hölle heiß.«

»Ganz unrecht hat sie nicht.«

»Kann mich mal. Sie bekommt ihr Geld, verhungert nicht, da soll sie nur ruhig sein.«

»Aber vielleicht würde sie auch gern noch einen Mann haben.«

»Spiel hier mal nicht den Richter. Was war in dem Brief?«

»Ach . . ., so ein paar Zettel von deiner Mutter.«

»Wo hast du sie hingetan?«

»Das war nur für mich bestimmt.«

Michał wurde hellhörig.

»Ein Familiengeheimnis. Ich bin wohl zu klein, um's zu erfahren.«

»Keine Geheimnisse, Mutter hat ein Tagebuch geführt. Ihr Sohn da hat es eingepackt und geschickt.«

Michał rümpfte die Nase und wechselte das Thema.

»Hast du einen Schluck hier?«

»Aber du gehst doch nachher arbeiten.«

»Bis dahin verdunstet das.«

Er öffnete die Hausbar und nahm eine angebrochene Flasche heraus. Er goß ein Glas voll und gab es dem Sohn. Es machte ihn bitter, zuzusehen, wie Michałs Hand zitterte.

»Wir müssen einen Entschluß fassen«, wandte er sich an Michał. »Mutter liegt in diesem Eisschrank. Erklären wir uns mit einem Begräbnis hier einverstanden oder nicht?«

»Natürlich sind wir einverstanden. Schaden kann es nicht, und vielleicht hilft es. Der da aus Amerika wird anreisen und doch sicher nicht so, einfach mit leeren Händen.«

Er schaute seinen Sohn mit einem Anflug von Bedauern an. Was war nur aus Michał geworden, nur irdische Güter zählten für ihn. Er selbst dachte auch nicht gerade viel an die Rettung seiner Seele, aber an Geld hatte ihm nie gelegen.

Es war schon eigenartig. Wanda war hübsch gewesen, da gab es keinen Zweifel, und Michał hatte ihre Statur geerbt, die flache Stirn und die runden Wangen. Nur war das, was bei der Mutter schön wirkte, bei Michał eher ein Schönheitsfehler. Wanda war lebhaft, hatte eine Stupsnase und eine natürliche Röte. Michałs Gesicht dagegen wirkte grobschlächtig. Er liebte seinen Sohn, deshalb tat ihm diese Entdeckung jedesmal weh.

»Komm heute abend vorbei«, sagte er unerwartet sanft. »Wir werden es uns überlegen. Die Entscheidung ist nicht so einfach, wie es aussieht.«

*

»Eine Träne folgt der anderen. Seit seiner Abfahrt taug ich zu überhaupt nichts mehr. Meine Augen sind nur noch schmale Schlitze. Die Tante und der Pfarrer behandeln mich wie eine Kranke. Soll sie weinen, sagen sie zueinander, vielleicht platzt dieses Geschwür, und ihr Körper wird gereinigt. Dann wird sie langsam wieder gesund. Aber ich bin überhaupt nicht krank, ich kann nur nicht mehr leben.

In der Nacht bin ich auf den Dachboden hoch, hab eine Schnur über den Balken geworfen und mir die Schlinge zurechtgemacht. Ein bißchen tut es mir schon leid, aber ich kann nicht anders. Ich hab mir einen Stuhl gesucht. Seine Lehne war ziemlich brüchig, aber der Sitz war solide, mein Gewicht konnte er aushalten. Ich steig auf den Stuhl, lang nach der Schnur, aber da stürzt die Tante herein. Und wie sie schreit, und wie sie sich auf mich stürzt. Die Lampe ist ihr aus der Hand geflogen, und wir haben uns im Dunkeln suchen müssen. Mit ihren Fäusten hat sie auf mich eingeschlagen und furchtbar geschrien, daß hier, wo Gott zu Hause ist, daß gerade an einem solchen Ort, und was ich denn mach, was für einen Wahnsinn. Der Pfarrer ist auch herbeigerannt und hält die Petroleumlampe, mit der man sonst in die Ställe geht, er schaut, wie wir uns auf dem Boden wälzen, und versteht überhaupt nichts. Erst als die Tante auf die Schnur zeigt. Ich hab sie so erschreckt, daß ihr nach dem ersten Schrei die Stimme weggeblieben ist. Ungefähr zwei Wochen lang hat sie keinen Ton mehr sagen können, hat nur mit den Augen zu uns gesprochen. Und mich hat sie immer in ihrer Nähe haben müssen. Zu zweit haben wir in dem kalten Zimmer geschlafen, ich bei der Wand, damit ich nicht entwischen kann, und im Schlaf hat sie mit der Hand getastet, ob ich auch da bin. Später kam raus, daß ich Mutter bin. Als der Arzt es uns eröffnet hat, ist die Tante gleich wieder gesund geworden. Jetzt bist du sicher, sagt sie, jetzt wird dir nichts Schlimmes mehr passieren. Gott hat mich erhört.

Ich geh im Pfarrhaus umher, raus auf den Hof, am Fluß geh ich ein bißchen spazieren, und irgendwie ist es mir schwer ums Herz. Was werd ich allein mit dem Kind in dieser bösen Welt machen, wo der eine dem anderen nicht helfen mag, ihn sogar noch zum Bösen drängt und sich darüber freut. Es gibt manchmal auch gute Menschen wie den Pfarrer oder die Tante, aber es sind so wenige, daß man sie nicht sieht, geht man nur ein paar Schritte weiter. Es reicht schon, raus auf die Straße nach Białystok zu gehen, da fängt's schon an. Vorgestern haben sie eine Frau überfallen, ihr die paar Groschen abgenommen, die sie vom Markt zurückgebracht hat, und sie noch geschlagen, weil sie so arm war.

Wär ich das nur gewesen, hätten sie mich nur in dem Dreck da blutverschmiert liegengelassen, daß ich nicht mehr hätt aufstehen können. Damals auf der Straße durch den Wald, als ich gedacht hab, ich würd allein bleiben, da hab ich mehr Kraft in mir gehabt. Jünger bin ich gewesen, noch kaum zwanzig, jetzt sind's bald dreißig. Da weiß man mehr und sieht die Dinge anders. Ich red mit meinem kleinen Kind und sag ihm, daß es wohl eine traurige Mutter haben wird. Es wird sie nie lächeln sehen. Die ganze Lebenssonne ist mit Stefan fortgegangen, und er wird nie mehr bei mir sein. Das spür ich, daß wir uns nicht mehr sehen, und sein Kind hier wird er auch nicht sehen. Mein Herz sagt mir das, mein betrogenes Herz. So viel war ihm versprochen, aber es hat sich halt wieder bestätigt, daß es nur die eine Liebe fürs ganze Leben gibt.

Einmal bin ich am Fluß gestanden und hab geschaut, wie das Wasser reißt und gurgelt und Zweige mit sich trägt. Aber selbst wenn der Baum was sagen könnte, würd das Wasser doch die Wurzeln unterspülen und die Äste rausreißen. Wozu also reden können? Da ist es schon besser zu schweigen. Und was wär, wenn ich einfach ins Wasser geh, denk ich und schau in die Strudel. Aber ich bin doch schon nicht mehr allein, da pocht doch schon ein anderer Mensch in mir, fragt nach seinem Schicksal. Ich mach mich auf den Heimweg, und zum zweiten Mal hab ich den Gedanken verscheucht, der so kalt ist wie der Tod. Und der Pfarrer sagt: In Warschau gibt es Veränderungen. Partei- und Staatsapparat werden gesäubert, der Quadratschädel* ist jetzt an der Macht. Wer kompromittiert ist, für den ist kein Platz mehr. Ich denk, wie Stefan dort wohl zurechtkommt. Er ist doch mit denen gewesen, die jetzt Fußtritte bekommen. Der Pfarrer schüttelt den Kopf, hab keine Angst, Wanda. Die Macht hat nur einen Namen und belohnt ihre Kinder. Selbst wen sie mit der Rute schlägt, drückt sie nachher an die Brust.

Morgens hab ich noch mit der Tante Erbsen ausgelesen, dann gegen Abend, da hat's mich erwischt. Das ganze Fruchtwasser ist in der Küche auf den Boden abgegangen. Die Tante bekam einen Riesenschreck, hat ein Laken gebracht, auf das ich mich legen mußte. Da drinnen in dir ist's jetzt trocken, beweg dich nicht, sonst passiert dem Kleinen was. Da lieg ich in der Küche, die Schmerzen zerreißen mich. Der Pfarrer ist mit dem Rad ins Nachbardorf gefahren, um die Hebamme zu holen. Die ist gekommen, hat da rumgetastet und mit der Tante geflüstert, daß sich das Kind von der Welt weggedreht hat, nicht das Köpfchen, sondern die Beinchen schauen raus. Und ich hab gedacht, jetzt ist es zu Ende. Da war keine Freude über das neue Leben in mir, daß aus diesem Knäuel sich nichts entwickeln wird, war klar, vielleicht würd ich es auch nicht überleben... Und wenn schon, denk ich, wenn ich nur nicht so leiden müßt. Wenn es nur schnell geht. Die Augen zumachen und dann am andern

* Gemeint ist Władysław Gomułka, der 1956 rehabilitiert wurde [Anm. d. Ü.].

Ufer wieder aufwachen. Aber ob es das gibt, das andere Ufer, kein Lebender hat es doch gesehen. Die Frauen beugen sich über mich, halt durch, Wanda, der Notarzt ist unterwegs. Ich wollt ihnen sagen, wozu die Leute bemühen, wo ich doch schon mit einem Fuß am anderen Ufer steh, aber in mir ist eine solche Schwäche, daß ich keinen Ton hab herausbringen können. Die Schmerzen haben sogar nachgelassen, und die Augen sind mir zugefallen. Die Wände der Welt waren auf einmal dunkel und weit fort . . .

Den Bauch haben sie mir aufgeschnitten und das Kind darin gesund und munter gefunden. Groß, über vier Kilo. Im Krankenhaus haben sie mich eingeschläfert, für mich ist es deshalb in aller Stille zur Welt gekommen. Ich war ganz verwundert, daß ich noch unter den Lebenden war. Mit der Hand zum Bauch, aber der war flach. Ein Mädchen vielleicht? Ein Junge. Also hab ich ein zweites Ebenbild von Stefan hervorgebracht. Das wird jetzt bei mir bleiben, das wird er nicht bei sich behalten wollen . . .

Wegen dem Schnitt hab ich länger liegen müssen, denn irgendwas hat da nicht verheilen wollen, an einer Stelle hat sich Eiter gesammelt, einen Drain hat man gelegt. Auch so hat es ständig geeitert. Aber es hat sich gelohnt, ein wenig zu leiden, weil ich jemanden gefunden hab, der gut zu mir ist. Eine Frau, die mich regelmäßig besucht hat, zuerst, da hat sie mir das Gesicht abgewaschen, die Hände, als ich noch keine Kraft gehabt hab, das selber zu machen, und danach hat sie nur einfach so vorbeigeschaut und sich ans Bett gesetzt, um zu reden. Und mit jedem Wort hat sie mir zugeredet, daß ich nicht ins Pfarrhaus zurück soll. Denn was ist das für eine Zukunft für mich und das Kind. Später einmal den Haushalt von der Tante übernehmen? Besser gleich in Białystok bleiben und sich nach einer Arbeit umschauen.

Vielleicht einen Kurs machen oder eine Berufsschule besuchen. Zum Lernen, da bin ich schon zu alt, sag ich. Was heißt hier alt, eine Frau mit dreißig, in der Blüte ihres Lebens. Darauf ich, daß ich zum letztenmal im Krieg ein Buch in der Hand gehalten hab. Ich hab schon alles vergessen. Es wird dir wieder einfallen, der Anfang wird schwer sein, aber dann findest du, was du nicht verloren hast, was die ganze Zeit in dir war, von dem du nur nichts gewußt hast. Vielleicht hat sie ja recht, denk ich. Stefan hat über dieses Dorf auch die Nase gerümpft, hat auch von Białystok geredet.

Ich hab gedacht, die Tante wird dagegen sein, aber woher, sie hat sich gefreut. Da werd ich mich um den kleinen Stefan kümmern, dann hast du den Kopf frei zum Lernen. Miet dir ein Zimmer in Białystok, der Pfarrer und ich bezahlen das, und samstags und sonntags kommst du zu uns, damit das Kind dich nicht vergißt. Ich hab die Krankenpflegeschule gewählt, weil ich so werden wollt wie meine Freundin. Diese Güte für die Menschen wollt ich haben wie sie und auch die Weisheit in den Augen. Wenn ich früher so gewesen wär, vielleicht hätt ich den Stefan dann halten können, vielleicht hätten wir den, der da entscheidet, umgestimmt, damit er uns kein so furchtbares Schicksal bereitet, mich nicht zu einem einsamen Leben verdammt. Aber es ist, wie es hat sein müssen, mir ist ein Leben ohne Mann bestimmt, ein leeres Bett, Nacht für Nacht, bis zu der letzten.

Wieder wohn ich in einem gemieteten Zimmer, als wenn die Zeit zurückgelaufen wär, als wenn ich gleich Arbeit als Sekretärin bekommen und auf Stefans Ankunft warten soll. Aber das ist nicht mehr dasselbe Zimmer, nicht die Stadt von damals, und auch ich bin eine andere, über zehn Jahre bin ich älter. Ich fang kein neues Leben an, es ist das gleiche, was ich schon gehabt hab, und manchmal bin ich damit sogar zufrieden. Ich mag es, vom Unterricht in meine vier

Wände zu kommen und das Radio anzudrehen. Die Schuhe in die Ecke und barfuß, so hab ich es immer gemocht, damit man meine schweren Schritte nicht hört. Stefan war deswegen sogar böse auf mich. Das ist kein Lehmboden, du hast Parkett unter den Füßen. Na und wenn schon, auf Parkett läuft es sich genauso wie auf etwas anderem. Dann spielt die Musik für mich, ganz leise, damit es hinter der Wand niemanden stört, ich hab mir Tee aufgebrüht, sitz in der Ecke des Sofas, rauch eine Zigarette. Und das tut mir so gut, daß ich vor Behagen die Augen schließe. Ich freu mich, wenn ich zum Kind fahre, aber ich freu mich auch, wenn ich wieder hierher zurückkomme. Ich geh den sandigen Weg von der Bahnstation zum Pfarrhaus, vom Pfarrhaus zur Bahnstation, und er kommt mir immer kürzer vor und irgendwie schmäler, bald wird er sich in einen Trampelpfad verwandeln. Meiner Freundin hab ich mal gesagt, daß ich den Weg so sehe, da hat sie gesagt: Das ist, weil du wächst, weil du dich nach oben streckst.«

*

Nachdem sein Sohn gegangen war, spülte er ab, saugte die Wohnung und ging mit dem Netz einkaufen. Ein paarmal mußte er sich in einer Schlange anstellen, es war bald Wochenende, und mehr Menschen waren unterwegs als sonst. Mit den anderen schob er sich zur Theke vor. Die Menschen hatten graue, erschöpfte Gesichter. Sie sahen nicht glücklich aus, wie es jener Student gewollt hatte, der alles aufgegeben hatte und unters Volk gegangen war, um es zu unterrichten. Er erinnerte sich noch gut an ihn, obwohl seit ihrem Zusammentreffen viele Jahre vergangen waren. Mager war der Student gewesen, ein blasses, nervöses Gesicht. Brille. Und einen hervorstehenden, beweglichen Adamsapfel hatte er gehabt.

Unten im Hotel war ein Restaurant gewesen, in dem es das beste Essen der Stadt gab. Dort hatten sich alle versammelt: Giełas, der Blutige Władek, Staatsanwalt Maślicki mit seiner über zwanzig Jahre jüngeren Frau, die er überallhin mitnahm, na ja, und er. So ein lokaler Areopag der fünfziger Jahre war das gewesen.

Der Student war zum Abendessen heruntergekommen, hatte in der Tür gestanden und sich, mit seinen kurzsichtigen Augen blinzelnd, unsicher umgesehen. Der Sekretär hatte ihm zugenickt.

»Setzen Sie sich zu uns.«

Der Student hatte angenommen, doch war deutlich gewesen, daß er lieber allein geblieben wäre. Der junge Mann fühlte sich nicht wohl in der Gesellschaft von Leuten, die erfahrener waren als er und die wußten, wie man Wodka trank. Die Frau des Staatsanwalts hatte den Studenten aufs Parkett geschleift. Nachher hatte sie ihm dann zu verstehen gegeben, daß sie ihn gerne auf seinem Hotelzimmer besuchen würde. Er hatte sich mit Müdigkeit herausgeredet und damit, daß er am nächsten Tag in aller Frühe »zum Einsatz« müsse. Und als sie noch aufdringlicher geworden war, hatte der Student ihr gestanden, er habe sich vorgenommen, seine Frau nie zu betrügen. Das hatte bei seiner betrunkenen Begleiterin einen heftigen Heiterkeitsausbruch provoziert. Sie schüttelte sich und hielt sich vor Lachen den Bauch. Allmählich wurden die Leute auf sie aufmerksam. Der Staatsanwalt eilte von seinem Tisch herbei, faßte seine Frau unter und führte sie aus dem Saal. Als der Student wieder an seinen Platz kam, klopfte ihm der Blutige Władek auf die Schulter.

»Machen Sie sich nichts daraus«, hatte er wie ein Vater gesagt, »sie ist eine ganz normale Hure.«

Der Junge fing an, auch ihn zu interessieren, vielleicht,

weil endlich jemand jünger war als er und nicht mehr sagen konnte: Ihr werdet schon sehen, wenn ihr älter seid. Schon eher konnte er jetzt etwas Derartiges sagen. Sie fingen an zu reden. Der Student ereiferte sich, sein Gesicht glühte leidenschaftlich.

»Ich weiß, daß ich ein Idealist bin, das streite ich gar nicht ab, aber die Zeiten sind jetzt so, daß man wie eine Fackel lodern muß, um den Menschen den richtigen Weg zu zeigen. Ringsum herrscht doch eine solche Finsternis, kaum jemand weiß, welches Glück ihn erwartet. Jetzt zählt der Mensch. Obgleich wir das Glück für Millionen wollen, ist jedes einzelne Schicksal Gegenstand unserer Fürsorge. Ich muß ihnen das sagen, muß es propagieren, verwirklichen und, falls nötig, alles dafür opfern. Das gebietet mir mein kommunistisches Gewissen. Der erste Schritt ist bereits getan, Genossen, jetzt müssen wir ...«

Ständig wiederholte der Student dasselbe. Er war langweilig und wich nicht von den Standardphrasen ab. Er hörte deshalb auf, dem Jungen noch Aufmerksamkeit zu schenken, und wandte sich lieber wieder seinem Glas zu.

Sie hatte ihn mit ihrem Geschreibe tatsächlich ganz verwirrt. Er hatte keinen Einkaufszettel geschrieben, jetzt mußte er ihn sich im Kopf überlegen. Mehr noch, er hatte die Telefonrechnung vergessen, die er gestern aus dem Briefkasten genommen hatte. Eine derartige geistige Umnachtung hatte es bei ihm noch nie gegeben. Höchstens, wenn er sich gerade wieder einen Rausch antrank. Dann fehlten ihm zwei, drei Tage, danach ging alles wieder seinen gewohnten Gang.

Ein paarmal erschien ihm Wandas Gesicht so, wie er es zuletzt bei der Tante auf dem Land gesehen hatte. Er versuchte, dieses Bild zu verscheuchen. Geschreibe, dachte er, weil er den Wert ihrer vertraulichen Mitteilungen herabmindern wollte. Sie fielen wie ein Schwarm von Stechfliegen über ihn her. Jede Einzelheit eines längst gestorbenen Lebens bohrte sich in sein Gehirn. Das durfte er nicht zulassen. Es war seine Pflicht, sich gegen alles zu schützen, was Komplikationen verursachen könnte.

*

»Die zwei Jahre sind wie im Flug vergangen, ich erhielt das Diplom und wurde gleich auf der Station genommen, wo ich den kleinen Stefan zur Welt gebracht hab. Dauernd lern ich noch was von meiner Halina. Was für eine Art sie mit den Menschen hat! Wie sie sie mit einem Wort beruhigt! Es reicht, daß sie das Kopfkissen richtet, und schon versucht der Kranke, ihr zuzulächeln. Bestimmt wird es noch lange dauern, bis ich so bin. Die Sonne, die Halina in sich trägt, will bei mir einfach nicht scheinen. Sie ist erloschen, als man mich von Stefan getrennt hat, und ich hab für niemanden mehr ein Licht. Dunkel ist es in mir. Das spüren die Menschen und wenden sich von mir ab. Sogar mein kleiner Sohn dreht den Kopf weg, wenn ich ihn auf den Arm nehm. Am liebsten würd er gleich zur Tante laufen.

Gestern war Samstag, die Tante und ich haben Stefanek gebadet und ins Bett gebracht. Wir sitzen in der Küche am Tisch, die Tante legt eine Patience, ich strick einen Pullover für das Kind. Wie ist es gekommen, daß Stefanek den Nachnamen von seinem Vater trägt? Wie hast du das hingekriegt, Tante? Ich bin nicht so empfindlich wie du, ich hab gewußt, daß du klein beigeben würdest. Also bin ich einfach in den Zug gestiegen, dem Pfarrer hab ich für zwei Tage vorgekocht, um das Kind hat sich Olesia gekümmert, du weißt schon, die Schwiegertochter von den Madejskis. Jung ist sie, aber eine sehr vernünftige Frau, ihr hab ich das Kleine ohne

Angst anvertrauen können. Sie hat ja selbst ein Kind, zwei Monate älter als unseres, da weiß sie, wie und was bei einem Säugling zu machen ist. Ja, und dann hab ich rumgeschrien, wenn er den Sohn nicht anerkennt, dann werden wir ihn durch alle Instanzen jagen. Daß wir kein Geld von ihm wollen, wir kommen alleine zurecht, aber das Kind wird sich nicht einfach nur hinter dem Mädchennamen der Mutter verstecken. Und hat Stefan es nicht sehen wollen? Gar nichts hat er gewollt, nur das Papier hat er unterschrieben. Es war klar, daß er Angst vor seiner Frau hatte. Dann ist er also verheiratet, frag ich. Noch ist er verheiratet. Aber mach dir nichts draus, keine hält es lange mit ihm aus, diesem Trinker. Von all dem Trinken hängen ihm die Tränensäcke schon bis über die Wangen. Vielleicht kommt das aber auch vom Herzen? Er hat manchmal geklagt. Jetzt wirst du dich noch sorgen, als hätt er dir nicht schon genug angetan.

Nachher hab ich lange nicht einschlafen können. Also hat er doch geheiratet. Und wie diese Frau von ihm wohl aussieht? Mit was für Worten redet er zu ihr? Ob er sie anschaut, so wie er mich angeschaut hat...? Ich hab mir vor der Tante nichts anmerken lassen, aber dieser Tag hat wie Feuer in mir gebrannt. Ich wollt schon aufstehen und gehen, da hab ich wie zufällig gefragt: Und was ist sie von Beruf? Die Tante hat geschäftig den Tisch mit einem Tuch abgewischt, dann die Kohlen gekehrt, die vor die Ofentür gefallen waren. Ärztin, sagt sie. Aber hübsch ist sie nicht, mager, beide sind Bohnenstangen.

Es ist gar nicht lange her, da hab ich gedacht, daß das Böse mehr wiegt als das Gute, aber jetzt, wo ich Halina getroffen hab, seh ich das schon anders. Was macht es schon, daß gute Menschen wie ein lichter Wald sind, wo der Abstand von einem Baum zum nächsten weit ist. Wenn man nahe dran ist, kann ein Baum alles verdecken. Da reicht es, den Kopf zu heben und den Wipfel vor dem Hintergrund des Himmels zu beobachten. Genauso ist Halina für mich – schlank und schön wie eine Tanne. Es macht nichts, daß sie in Wirklichkeit klein ist und man an ihr vorbeigehen kann, ohne sie überhaupt wahrzunehmen. Wenn man sehen kann, was schön ist in ihr, verläßt man sie nicht mehr. Dann muß man bei ihr bleiben und zuhören und sich freuen, daß man ein Mensch von der gleichen Art ist wie sie – eine Frau. Wieviel Gutes hab ich von ihr erfahren, wieviel von ihr gelernt.

Einmal sagt sie: Du, Wanda, du liest überhaupt nicht, das ist fast eine Sünde, weißt du eigentlich, wieviel dem Menschen das geschriebene Wort gibt? Und sie hat mir Anna Karenina gebracht. Wie ich mich reingelesen hab, da lauf ich nur noch gleich in mein Zimmer, zu dem Buch. Denn im Dienst, da denk ich an die Kranken. Ich hab dann zwei, drei Stunden Schlaf gehabt. Mir fließen die Tränen und verschleiern die Buchstaben. Wie nah mir diese Frau ist, ich seh sie wie lebendig vor mir und teil den Schmerz mit ihr wie ein Stück Brot. Hätt ich damals am Fluß von ihr gewußt, dann hätt ich vielleicht den Gedanken gar nicht an mich rangelassen, hätt nicht erlaubt, daß er sich in mir einnistet und mich wie ein schwaches Bäumchen zu Eis hat werden lassen. Und wenn's nur um mich gegangen wär, aber ich war doch nicht allein!

Ich hab also angefangen zu lesen. Die Tante hat sogar ein Gesicht gemacht, was denn das sei, daß ich für zwei Tage komm, und statt zu erzählen, statt mit dem Kind zu spielen, sitz ich mit einem Buch da. Aber ich bin ganz betäubt. Die Kartoffeln schälen? Gleich... Sind schon geschält, sagt sie ganz vorwurfsvoll. Einmal sagt sie, weißt du, Wanda, neun Monate hast du das Kind getragen und warst dabei traurig, und jetzt ist es selber so, nie lächelt es. Du hast es mit deinem Unglück vergiftet. Ich schau meinen Sohn an und denk dasselbe.

Die schwarzen Augen von Stefan, aber doch anders als bei ihm. Ernst. Und dabei weiß er noch gar nichts von der Welt. Ich hock mich zu ihm hin. Geht's dir gut auf dieser Welt? Aber er sagt nichts. Was möchtest du denn gern, Stefanek? Und er sagt immer noch nichts.«

*

Er war schon sehr müde, als Michał kam. Gewöhnlich ging er um zehn schlafen. Er las dann ungefähr noch eine Viertelstunde, legte darauf Buch und Brille auf den Nachttisch und löschte das Licht. Mit dem Einschlafen war es dann so eine Sache, mal kam der Schlaf sofort, mal wälzte er sich stundenlang hin und her. Aber er ließ sich nach solchen schlaflosen Nächten nicht gehen, immer stand er um sieben auf, um neun hatte er bereits gefrühstückt und die Wohnung saubergemacht.

Eigentlich wäre er heute gerne allein gewesen, aber er traute sich nicht, dem Sohn das zu sagen. Sie standen sich nicht besonders nahe. Das hatte viele Gründe, die zu untersuchen sich jetzt nicht mehr lohnte. Außerdem nahm Michał es ihm wohl übel, daß er zur Schwiegertochter hielt. Dabei war es in Wahrheit nicht ganz so. Michał trank. Zu Hause gab es deshalb Spannungen, und es kam vor den Kindern zu handfesten Krächen. Das konnte ja zu nichts Gutem führen.

Mit dem Enkel hatte er keinen engeren Kontakt, aber mit dem um ein paar Jahre jüngeren Mädchen verstand er sich problemlos. Schon in der Tür hängte es sich ihm an den Hals. Er mußte sich runterbeugen, denn es war noch ganz klein. Es sagte »Stefan« zu ihm, und die Bemerkungen der Eltern, daß er der Großvater sei, halfen nichts. Es nickte zustimmend, aber wenn er dann zu Besuch kam, rief es wieder durchs ganze Haus: »Stefan ist da.« Die Enkelin bediente sich Tricks einer durchtriebenen Frau. Sie wußte genau, wie sie ihm Geld für Süßigkeiten entlocken konnte. Der Schwiegertochter war das nicht recht. Sie hielt es sogar für schädlich, aber da ließ sich nichts machen. Er hatte eine Schwäche für seine Enkelin und konnte ihr nichts abschlagen.

»Wir wollten reden«, erinnerte ihn Michał.

»Ach ja, natürlich«, stimmte er pflichtschuldig zu.

»Ich würd nicht lange überlegen. Zusagen und fertig. Sollen sie kommen. Zumindest werd ich die Ehre haben, den Herrn Professor vom Flughafen abzuholen.«

»Brüder seid ihr«, entfuhr es ihm. »Von einer Mutter und einem Vater.«

Michał zog eine Grimasse.

»Der ist mir doch völlig fremd. Kein Wort hab ich in meinem Leben mit ihm gewechselt.«

»Das hat sich eben so ergeben.«

»Na klar, er ist bei der Alten geblieben und damit besser gefahren. Er karjolt nicht in einer alten Kiste durch Schlaglöcher.«

Beide verstummten, bis der Sohn als erster weitersprach:

»Also was, Vater, genehmigen wir uns einen auf diesen Leichenschmaus?«

»Und wie bist du hier?«

»Zu Fuß, zu Fuß, mach dir mal keine Sorgen. Einmal kann man die paar Schritte auch zu Fuß gehen.«

Er holte eine Flasche Żytnia und Gläser. In letzter Zeit kaufte er den Wodka im Devisenladen für Dollars, die ihm Wanda geschickt hatte. Jahrelang hatte er das Geld nicht angerührt, aber jetzt fing er an, es auszugeben.

»Was zu essen vielleicht ...?« begann er.

»Lieber auf nüchternen Magen, wie beim Abendmahl.«

Sie tranken aus. Es brannte in der Kehle.

»Brr, ein echtes Teufelszeug, wie es sich gehört. Der Korken hat dichtgehalten, da fehlt nichts«, sagte der Sohn, und seine Augen glänzten.

»Michał, erinnerst du dich an Mutter?« fragte er leise.

»Weiß ich's. Für mich kratzt sie schon zum zweiten Mal ab.«

»Wieso?«

»Na eben so. Großmutter hat mir damals gesagt, daß Mutter auf den städtischen Friedhof umgezogen ist.«

»Großmutter hat so was...? Da bringst du was durcheinander, vielleicht hast du das falsch verstanden...«

»Ich hab's sehr gut verstanden. Aber das ist eine alte Geschichte, lohnt nicht, sie wieder aufzuwärmen.«

Er erinnerte sich, wie Michał gleich nach der Trennung von Wanda geweint und dauernd nach seiner Mutter gefragt hatte. Wann sie wiederkäme. Er hatte bei der Tür gekauert und gewartet, ob sie nicht vielleicht heimkommen würde. Später hatte er sie dann immer seltener erwähnt.

»Wann hat Großmutter dir das gesagt?«

Der Sohn grinste ironisch.

»Soll ich dir das genaue Datum sagen? Im Februar war's. Von den Deutschen sind wir im Januar weggefahren, und sie hat's mir im Februar eröffnet. Es war ein Sonntag, zum Mittagessen sollte es Huhn mit Gemüse geben.«

Er wußte nicht, ob sich der Sohn über ihn lustig machte oder sich jener Tag tatsächlich so tief in sein Gedächtnis eingegraben hatte. Michał ließ es sich nicht anmerken, aber auch er war aufgewühlt. Als hätte Wandas Tod jenseits des Ozeans in ihnen einen Mechanismus in Gang gesetzt, so daß sie sich jetzt an früher erinnerten.

»Ich hatte eine gute Kindheit«, sagte der Sohn. »Jeder könnte mich darum beneiden. In der Frühe kam mein Vater nach Hause getorkelt, man mußte ihn aufs Bett legen, ihm die Schuhe ausziehen. Ein echtes Kunststück, die Schnürsenkel aufzuknoten, wenn so ein Trumm nicht stillhält und um sich schlägt...«

»Eine Lehre war es dir jedenfalls nicht. Einmal wird dein Sohn auch so über dich sprechen«, antwortete er bitter.

»Offensichtlich ist das erblich und geht vom Vater auf den Sohn über. Es wäre interessant zu wissen, ob der Professor säuft... Ich weiß nicht, wie das zwischen euch gelaufen ist, warum Mutter fortgegangen ist. Eins kann ich dir aber sagen: Dich haben die Frauen kaputt gemacht. Diese Frau Doktor, die angeblich kaum Pieps sagen konnte, dann die andere, diese Edelhure, na und Großmutter Gnadecki ewigen Gedenkens. Die haben mit dir gemacht, was sie wollten. Nur Mutter war anders. Ein kleiner Hosenscheißer war ich, aber daran erinnere ich mich. Sie hat sich ihren Weg nicht mit den Titten gebahnt, wie die anderen das machten. Immer stand sie einen Schritt hinter dir...«

Nach diesen Worten seines Sohnes ließ er den Kopf hängen. Was hätte er ihm sagen können. Michał drängte ihn, weiterzutrinken.

»Irgendwie hältst du heute nicht mit... Und diese Marta, ein sauberer Arsch war das. Man könnte sagen, daß sie mich ins Leben eingeführt hat... Was schaust du so? So war's, echt wahr. Zuerst ist sie immer in diesem Morgenmantel ins Badezimmer. Da konnte man alles sehen. Nachts wälzte ich mich dann im Bett. Bis ich schließlich auf sie los bin. Das war schon nach eurer Scheidung... Einmal hat uns Großmutter Gnadecki erwischt, ich hab gedacht, wir müssen den Notarzt rufen...«

»Du warst damals siebzehn.«

»Alt genug.«

Sie betranken sich beide, er konnte sich nicht erinnern, wann Michał gegangen war. Etwas sehr Eigenartiges geschah mit ihm. Er legte sich nicht, wie es sonst seine Art war, angezogen aufs Bett, sondern irrte ziellos durch die Wohnung, ohne einen Platz für sich finden zu können. Er knipste das Licht an und wieder aus, öffnete die Tür zur Küche und zum Badezimmer und machte sie wieder zu. Er lief an den Wänden entlang. Dieser Rundgang dauerte ziemlich lang. Die ganze Zeit über sprach er zu sich selbst oder eigentlich eher zu ihr...

Selbst wenn man es dir nicht schon mit Gewalt beigebracht hätte, du hättest doch nichts von mir gehabt. Ich bin völlig ausgebrannt, Wanda. Nichts schmeckt mir mehr. Ich weiß nicht, wer ich bin und wer ich war, und darum will ich lieber nicht denken. Ich bin nur mehr ein alter Sack aus Haut und Knochen, nichts weiter...

Dabei hätte es anders sein können, wenn du bei mir geblieben wärst. Warum hast du dich so schnell in alles gefügt, warum warst du so ergeben... Wir könnten uns jetzt an unserem Sohn freuen, vielleicht würde Michał sogar ein anderes Leben führen... Er hat schon irgendwie recht, was haben mir die anderen Frauen gebracht. Keine hat es lange ausgehalten. Wiesia... das war keine Partnerin für mich. Immer hatte ich Angst, daß ich ihr weh tun, daß sie mir, wenn ich stärker drückte, unter den Händen zerbrechen würde. Ich konnte sie nur verletzen. Gut, daß sie so schnell fortgegangen ist... Aber was hat es genutzt? Da war die Sache schon gelaufen und Mexiko mir durch die Lappen gegangen. Du dagegen hättest es nicht erlaubt, hättest gleich die Koffer packen lassen. Du hast immer gewußt, was gut für mich war. Damals, als wir auf den Auslandsposten fuhren, war dir das überhaupt nicht recht, wärst du so gern zu Hause geblieben, und doch hat dir dein Verstand etwas anderes eingeflüstert als dein Herz.

»Was meinst du, Wanda«, hatte ich gefragt, unsicherer

noch als du, »glaubst du, ich werde es schaffen?« Du hast nur genickt, weil die Tränen dich daran hinderten, den Mund aufzumachen.

Du hast an mich geglaubt und den Instinkt besessen, der Mama gefehlt hat ... Die hat auch nur an mich gedacht, aber egal was sie auch tat, es war immer genau das Falsche. Es lief nicht so, wie sie es sich gewünscht hatte, sie machte sich alles nur schwerer, und uns ließ sie nicht leben ... Aber verzeih ihr, so wie ich ihr verzeihe ... Ich allein weiß, was sie diese Mißerfolge gekostet haben. Zum Schluß ist sie nur noch zwischen Tür und Fenster auf und ab gegangen und von einer Wand zur anderen. Ihr Unvermögen, ruhig sitzen zu bleiben, war wie eine Krankheit ... Das Gift, das sich all die Jahre in ihr gesammelt hatte, brachte sie schließlich um. Sie konnte es nicht ertragen, wenn jemand erfolgreich war. »Siehst du, siehst du«, hat sie wie im Fieberwahn wiederholt, »sie haben dich bestohlen.« Und in ihren vom Wahnsinn gezeichneten Augen standen die Tränen. Die Augen meiner Mutter, Wanda, das ist wie ein ständiger Vorwurf. Sie schauen aus der Dunkelheit auf mich. Ich habe diese Frau am meisten enttäuscht, diese Frau, die so lieben konnte und so hassen.

Wanda, du konntest nur das eine sein: Ehefrau. Du müßtest sie also verstehen. Denn auch sie konnte niemand anderes sein – nur Mutter. Ich war sechs Jahre alt, als mein Vater bei einem Unfall ums Leben kam. Wir waren auf dem Weg vom Begräbnis nach Hause, sie hielt mich an der Hand. Sie trug einen schwarzen Schleier vor dem Gesicht, als sie das Tuch abnahm, suchten ihre Augen gleich mich, und so ist es bis zum Schluß geblieben ... Wanda, unterschätz ihr Sendungsbewußtsein nicht ... Sie war eine Persönlichkeit, würdig einer Figur aus einem Shakespeareschen Drama. Ich dagegen, ihr Sohn, was für ein Nichts! Solange sie lebte, hatte mein Dasein einen Sinn, ich war die Verlängerung ihres tragischen Schicksals... Jetzt... was soll ich mit mir anfangen... Hilf mir, ich flehe dich an. Nimm diese Pranke von mir fort, die mich wie einen Wurm auf die Erde drückt...

Er hob den Kopf und stieß im Spiegel über dem Waschbecken auf sein Gesicht. Vor Verblüffung zuckte er zusammen. Er weinte.

*

»Das ist so schnell gegangen, daß nicht mal Zeit war, sich zu wundern. Zu nichts war mehr Zeit, weder danke schön zu sagen noch zu helfen. Ich bin krank, sagt sie, ich sterbe. Ich bring kein Wort heraus, und sie lächelt. Du mußt an dich denken, du hast ein Kind. Mir wird niemand nachweinen.

In Amerika hab ich eine Schwester, ich hab ihr schon geschrieben. Du packst ein paar Sachen ein, den Sohn unter den Arm, und los geht's. Hier hast du nichts mehr zu erwarten. Sie meint das nicht ernst, denk ich, aber sie nickt nur. Mir wär's sogar lieber, du würdest nicht bis zu meiner Beerdigung warten, aber ich kenn dich und weiß, daß du bis zum Schluß nicht von meiner Seite weichen wirst. Aber danach fahr, das ist mein Wunsch.

Ich kann die Tränen nicht zurückhalten, weil ich spür, daß sie die Wahrheit sagt. Keine drei Monate sind vergangen, da muß ich hinter ihrem Sarg hergehen. Vom Begräbnis in den Zug und zum Pfarrhaus. Ich komm zur Tür herein, und die Tante fällt fast in Ohnmacht. Du lieber Gott, wie siehst du aus. Dabei war sie doch nicht mal verwandt. Für mich war sie näher als eine Mutter, als eine Schwester, als... Na sag schon, sag schon, als dein Kind. Für deinen Sohn hast du anscheinend sehr wenig Platz in deinem Herzen.

Und da zieht es mir den Kopf zur Seite, und ich schau, da steht der kleine Stefan, und die Augen von ihm blicken wie zwei schwarze Sonnen. Etwas Traurigeres kann man sich gar nicht vorstellen. Ich stürz zu ihm, drück ihn an die Brust. Mein Sohn, sag ich, ich hab dich lieb, wie ich nur kann, sei deiner Mutter nicht böse. Und er legt mir sein Händchen auf den Kopf und sagt: Mama, für mich bist du die Allerwichtigste. Da hat sich die Tante zur Wand gedreht und ihre Augen mit der Schürze abgewischt.«

*

Gegen zwölf wälzte er sich mühsam aus dem Bett, verkatert und mit schwerem Kopf. Im Spiegel begrüßten ihn gerötete, verquollene Augen. Angewidert prallte er zurück. Er brühte sich Kaffee auf, danach ging er in die Stadt. Zuallererst lenkte er seine Schritte zum Postamt, um ein Telegramm aufzugeben. Als er wieder auf der Straße war, wurde ihm klar, daß er eigentlich nicht wußte, was tun. Er konnte nur noch eines: warten.

Nach kurzer Überlegung machte er sich auf den Weg in Richtung Łazienki-Park. Der empfing ihn mit dem Schwarz der entlaubten Bäume und modriger, feuchter Luft. Auf dem Teich schwammen zwei Wildenten, auch sie ganz grau, als trügen sie Tarnfarben. Er grub in seinen Taschen und warf ihnen ein Stückchen trockenes Brot hin. Geschickt fingen sie es auf.

Im Grunde genommen müßte er Wanda dankbar sein, daß sie es ihm so früh ermöglicht hatte, sich über sich selbst klarzuwerden. Sie hatte damals diese Alte, die Mutter dieses Jungen, der gerne Dichter geworden wäre, ins Haus gelassen, damit er selbst eine Wahl treffen konnte. Seit jener Zeit war er wie ein angeschossenes Flugzeug gewesen, das eine schwarze Rauchfahne hinter sich herzog. Und er hatte damit leben können. Eine tiefsitzende Angst erfüllte ihn von nun an, wenn er wieder gezwungen war, eine Wahl zu treffen.

Zum Glück dauerte das meist nur kurz, er konnte sich dann hinter jemandes Rücken verstecken, vorgeben, er habe eine Erkältung, Probleme mit dem Hals, und keinen Ton sagen.

Nach der Zeit in der DDR war nicht recht klar, wozu man ihn gebrauchen sollte. Er vegetierte ohne eigene Abteilung dahin. Bis schließlich das Angebot kam, er könne Konsul in Mexiko werden. Er hätte angenommen, aber Wiesia sperrte sich. Sie wollte Warschau nicht verlassen, sie hatte eigene berufliche Pläne und war dabei zu promovieren.

Er hatte einen Platz im Parteiapparat gefunden, später dann, nach der Scheidung von Wiesia, war er in die Provinz gegangen. Michał und Mama blieben in Warschau.

Die durchdringende Kälte machte ihn frösteln. Er stellte den Kragen seines leichten Mantels hoch und wandte sich dem Ausgang zu. Diesmal war das keine gewöhnliche Heimkehr. Er kehrte heim, weil dort die von Wandas Hand beschriebenen Seiten auf ihn warteten.

*

»Wir haben uns also von allem und von allen verabschiedet und sind in die weite Welt gegangen. Der Pfarrer hat alles für die Reise zusammengekratzt. Mir war's schon ganz peinlich, denn schließlich gehört er gar nicht zur Familie, ist der Brötchengeber der Tante. Ich hab gesagt, daß ich es, sobald ich dort was verdiene, zurückgeben werde. Aber er hat davon nichts hören wollen. Du paß auf dich auf, auf das Kind, das ist Dank genug für mich. Ich bin jetzt siebenunddreißig, Stefanek genau dreißig weniger, vielleicht bringt die Sieben ihm Glück. Es heißt ja, das sei eine Glückszahl. Wir fahren mit dem Schiff. Durch die runden Fensterchen schau ich aufs Meer und denk: Hier oder sonstwo, für mich ist es überall gleich weit zu Stefan... Manchmal schaukelt es heftig, die andern sind seekrank, aber Stefanek und mir kann das

Schaukeln nichts anhaben. Man sieht gleich, daß wir beide die Mägen der Dziubeks haben, denn Stefan ist immer der erste gewesen, der brechen mußte.

Ich sitz in der Kabine rum, Stefanek kommt rein. Er rennt ständig dahin und dorthin, ist auf alles neugierig. Es gibt eine Kapelle, wenn du willst, Mama, dann gehen wir hin und beten. Mein Sohn, ich hab so lang nicht mehr gebetet, daß ich die Wörter vergessen habe. Aber ich hab meine eigene Art, mich vor dem Herrgott zu verantworten, an jedem beliebigen Ort kann ich das tun. Eine Kirche braucht es dazu nicht. Geh lieber und schau dir was Lustigeres an. Und gib acht, daß wir dieses Amerika nicht aus Versehen verpassen. Es ist zu groß, als daß wir es übersehen können, antwortet er und schaut mich ganz ernst an. Freust du dich, daß wir in die große Welt fahren? Hast du keine Angst vor dem Neuen? Nein, schüttelt er den Kopf. Du bist tapfer. Er nickt zustimmend. Ich freu mich, sagt er, weil nur wir zwei zusammensein werden.

Wie soll man das nur alles mit den Augen erfassen, wie im Kopf behalten. So viele Menschen, die reden was, kreuz und quer gehen diese Stimmen. Man möchte sich am liebsten die Ohren zuhalten. Wer wird uns hier finden, wer wird wissen, daß wir wir sind in diesem Meer von Menschen, das noch fremder ist als jenes hinter den runden Fensterchen.

Stefanek und ich stehen da, wir schauen uns suchend um. Ich warte, daß jemand wenigstens für einen Moment stehenbleibt, damit man überhaupt mal was fragen kann. Nur, ob die auch verstehen, wie wir sprechen?

Aber nicht mal eine halbe Stunde hat es gedauert, da sitzen wir schon hinten im Auto. Die Schwester von Halina dreht sich vom Vordersitz zu uns, und ein ums andere Mal lächelt sie uns an. Wie hübsch, schau nur, Kazik, das ist

Wanda. Von ihrem Haar wird es in unserer Wohnung viel heller werden. So eine Farbe hab ich noch nie gesehen, wunderschön! Ganz unglaublich schön!

Sie leben in einem Häuschen, das ist so flach wie eine Schachtel. Man glaubt, daß es beim ersten Lufthauch gleich umfällt. Aber drinnen gibt es viel Platz. Uns haben sie Zimmer im Oberstock gegeben, nebeneinander. Ich hab gesagt, daß uns auch eins reicht, darauf sie, daß ein Mann sein eigenes braucht. Die haben ihre Männersachen, da soll man sich nicht einmischen. Und so ist es dann geblieben.

In den ersten Monaten hab ich Angst gehabt, überhaupt aus dem Haus zu gehen, ich hätt mich nur verlaufen, hier sind die Häuschen alle eins wie's andere, nur an den Farben kann man sich orientieren. Sonst könnten sogar ihre Besitzer durcheinanderkommen. Und wie soll ich nach dem Weg fragen, in welcher Sprache denn? Wenn der Wind weht, dann fliegt roter Staub durch die Luft, als hätt jemand einen Ziegelstein zerbröselt. So ist die Erde hier. Und es riecht anders als bei uns. Halinas Schwester tut alles, damit wir uns wohl fühlen. Fremd, weil es halt fremd ist, aber ihr werdet euch gewöhnen, sagt sie. Man kann hier leben wie überall. Ich nick, aber die Tränen verfolgen mich wie treue Hunde. Am liebsten wär ich schon nach oben gerannt, hätt den Kopf ins Kissen gepreßt und die salzigen Tränen gleich kübelweise vergossen, die sich seit unserer Ankunft in mir angestaut haben. Sie sieht das, diese gute, einfühlsame Frau. Wir werden uns eine Arbeit für dich einfallen lassen. Lern die Sprache, dann findet sich vielleicht was in deinem Beruf. Eine Krankenschwester kriegt hier schneller was als zum Beispiel ein Arzt. Da hätt es Stefans Frau schwerer, denk ich.

Kaum bin ich zur Tür rein, da seh ich schon, daß was passiert ist, über das weder Halinas Schwester noch ihr Mann sprechen möchten. Vielleicht hat es von der Kranken, bei der ich wache, einen Anruf gegeben, daß sie mit mir nicht zufrieden ist. Sie sagen nichts, ich frag nicht. Ich geh nach oben. Zu meinem Sohn schau ich nicht rein, weil ich eine schwere Nacht gehabt hab. Ich leg mich aufs Bett. Na und da klopft es. Herein. Ich fahr hoch, such meine Schuhe. Es gibt Schwierigkeiten mit Stefanek, er wird auf der Polizeiwache festgehalten, und sie wollen, daß ich komme. Aber was hat er gemacht? Er lernt doch gut, mit der Sprache hat er keinerlei Probleme. Die Lehrer waren voll Lob über seine Fähigkeiten.

Wir fahren zu dritt. Ich hab solche Angst, daß sie mich und Stefanek ins Schiff setzen und zurückschicken. Was brauchen sie fremde Sorgen. Haben genug eigene. Was würd ich den Leuten dann sagen. Daß ich meinen Sohn nicht hab erziehen können. Ohne ein Wort zu reden, sitzen wir im Auto. Halinas Schwager, der sonst immer so fröhlich ist, starrt auf den Weg und wischt nur immer wieder die Scheibe mit einem Tuch ab. Wir gehen rein. Die Diensthabende möchte mit mir sprechen, die anderen bittet sie zu warten. Was hat mein Sohn gemacht? Eine Scheibe im Supermarkt hat er eingeschlagen. Vielleicht aus Versehen, war ihm nicht gut, hat sich angelehnt. Die Frau schüttelt den Kopf. Einen Stein hat er geworfen. Also, da weiß ich nicht mehr, was ich sagen soll. Ich schau sie nur an. Sie sieht nicht aus, als wär sie böse auf uns. Sie unterhält sich sogar sehr nett. Eine Zigarette hat sie mir angeboten. Ich sitz auf der Stuhlkante, zieh den Rauch ein, als könnte der Klarheit in meinen verwirrten Kopf bringen.

›Er ist ein guter Schüler, hat alles, was er braucht. Warum macht er solche Sachen?‹

Ich frag und wart auf eine Antwort, weil ich selber keine finden kann. Vielleicht sagt diese Fremde mir was über meinen Sohn. In den zwei Jahren, die wir hier sind, hab ich ihn ja wirklich wenig gesehen. Nachts geh ich zu den Kranken, er schläft, tags ist er in der Schule, ich schlaf so zwei Stunden fest, und dann dös ich vor mich hin und schau, ob es nicht Zeit ist, wieder zur Krankenwache zu fahren. Halinas Schwester hat gesagt, daß ich fahren lernen muß, hier sind die Entfernungen so, daß man nur mit einem Auto zurechtkommt. Zuerst hat es mich ein bißchen erschreckt, was sie da sagte, aber es war ganz leicht. Gleich das erste Mal, wie ich mich hinters Steuer setz, hab ich den Dreh rausgehabt. Wie mit den Zigaretten, die mir der Lehrer angeboten hat. Ich hab gezogen, und es war, als hätt ich mein ganzes Leben geraucht. Mein erstes Auto ist ein gebrauchtes gewesen, Halinas Schwager ist Mechaniker, da hat er mir alles hergerichtet, und ich bin mit der Kiste über ein Jahr gefahren. Und gekostet hat sie sechshundert Dollar. Jetzt hab ich ein anderes Auto, auch aus zweiter Hand, aber wie neu.

›Wir haben uns mit Stefan geeinigt‹, sagt die Frau von der Polizei und drückt die Kippe routiniert im Aschenbecher aus. ›Er hat uns recht gegeben, daß man so nicht protestieren darf. Es gibt andere Methoden.‹

›Er protestiert nicht, es gefällt ihm hier‹, sag ich, und mir wird ganz schwindelig, weil ich nicht weiß, worauf diese Frau mit ihrem Lächeln hinauswill.

Als hätt sie nicht gehört, redet sie weiter.

›Sie müssen ihm mehr Zeit widmen. Man muß viel mit ihm reden.‹

Da hast du wirklich die Falschen erwischt, denk ich. Ich taug nicht zum Reden und er auch nicht. In der Hinsicht ist der Junge genau wie ich, ihm brennt's nicht auf der Zunge. Lieber behält er die Sachen für sich.«

*

»Stefan, warum bist du traurig?«

»Ich bin nicht traurig, wenn ich dich bei mir habe.«

»Aber du bist traurig.«

Er schaute sich um, als könnte sie jemand hören.

»Großmutter ist gestorben, weißt du.«

»Stimmt doch gar nicht. Heute früh war sie bei uns, und Tote laufen nicht herum. Die legt man in so eine Kiste und gräbt sie ein.«

»Man hat immer zwei Großmütter.«

»Dann war das die zweite?«

Er nickte.

»Und warum ist sie nie zu mir gekommen, als sie gelebt hat. War sie beleidigt?«

»Irgendwann einmal werde ich es dir erzählen.«

»Jetzt!«

Er schüttelte den Kopf, und das Kind verzog seinen Mund, als wollte es gleich weinen.

»Ich zeige dir ein paar Bilder.«

Vom Hängeboden holte er eine Pappschachtel, in der er alte Fotografien aufbewahrte. Er blätterte ein paar durch. Wanda und er auf dem Lande, vor dem Haus ihrer Eltern. Sie stehen und halten sich umarmt, sie war ein gutes Stück kleiner, den Kopf hielt sie leicht an seinen Arm gelehnt.

Es ging ihm durch den Sinn, wie Wanda und die Enkelin wohl miteinander gesprochen hätten.

*

»Diese Nachtwachen, die leidenden Menschen. Frau Moreno zum Beispiel. Im Alter von sechzig Jahren kam bei ihr die Krankheit. Und es gibt keine Rettung. Ihren Mann hat sie vorher schon begraben, aber die Söhne, wenn sie nur könnten, sie würden alles mit ihr teilen. Fünf hat sie gehabt. Der älteste war ihr wohl am nächsten. Tag für Tag war er bei ihr am Bett und später dann ich in der Nacht. Sie hat nicht schlafen können, die Augen weit geöffnet, immer größer und größer sind sie geworden.

›Ich hab Angst, weil ich jetzt nichts mehr weiß‹, sagt sie. ›Die Welt ist so eng geworden, wie ein enger Gang, immer weniger Menschen finden darin Platz. Am Schluß werd ich allein zurückbleiben. Und was wird dann aus mir.‹

›Ich weiß ja auch nicht, aber egal was, ich werd mich da mit Ihnen reinquetschen‹, muntere ich sie auf, und sie sucht meine Hand, drückt sie an die Wange. Und sie scheint es irgendwie zu glauben.

Einmal komm ich so gegen fünf Uhr nach Hause. Das Auto hab ich hinter der Kreuzung geparkt. Vor dem Fenster ist noch dunkle Nacht, weil Winter ist. Die Hände hab ich aufs Steuer gelegt. Wohin geh ich, wo ist mein Weg? Ich hab keine Antwort darauf.«

*

Der schrille Ton des Telefons riß ihn aus der Lektüre der von Wandas Hand eng beschriebenen Seiten. Sie hatte eine nervöse Art zu schreiben. Die Buchstaben gingen alle in verschiedene Richtungen, manchmal war es schwierig zu erkennen, wo ein Wort aufhörte und das nächste anfing. Das paßte so gar nicht zu Wanda oder ihrem Leben. Eine so stämmige Person müßte sich eigentlich durch eine massive Schrift abstützen. Fast sah er seine Frau vor sich, wie sie sich, über das Heft gebeugt, damit plagte, schön zu schreiben. Indessen schlängelten sich ihre Sätze dahin wie ein schlecht verankerter Zaun. Er griff nach dem Hörer.

»Wohl ganz vergessen, daß heute Freitag ist? Wir warten im Ujazdowski-Café.«

*

»Oder diese Frau Ostrzeńska. Lange ist sie krank gewesen, zum Schluß hatte sie kein Geld mehr, um mich zu bezahlen. Da bin ich, ohne was zu verlangen, zu ihr gegangen. Ich hab das sogar gebraucht, so bei ihr zu sitzen. Ihre Jugend hat sie wie ich in Polen verbracht, in der Nähe von Warschau. Auf einem Gutshof ist sie aufgewachsen, also eigentlich wie auf dem Dorf. Wissen Sie, sagt sie einmal zu mir, woran ich dauernd denken muß: Einmal noch den Garten von damals sehen. Am Zaun wuchsen Himbeeren, das war wie ein dichtes Gestrüpp. In der allergrößten Hitze fand man da immer ein kühles Plätzchen. Wenn ich böse auf die Eltern war, dann bin ich immer gleich dahin gelaufen, und sie mußten mich lange suchen. Ich nicke, ich weiß, wovon sie spricht. Ich möcht lieber bei ihr sein als in meinem Zimmer. Das von Stefanek ist leer.

Seit einem halben Jahr schon ist er in Therapie. Mit den Steinen, die er in Fensterscheiben geworfen hat, fing es an. Ich hab ihn angefleht, geweint. Er hat mir sein Versprechen gegeben, aber nachher war es wieder dasselbe. Wem willst du eigentlich Angst einjagen, schrei ich. Hier hat niemand Angst vor dir. Diese schwarzen Augen schauen mich an. Sag doch endlich, wozu das gut sein soll. Wirf, soviel du willst, aber auf Vögel, mach nicht die Sachen kaputt, die was kosten.

›Wirf doch selber auf Vögel.‹ Und er knallt die Tür hinter sich zu.

Rotzbengel. Wenn Vater da wär, würd er den Gürtel losmachen. Aber ich, was kann ich schwache Frau schon machen. Halinas Schwager wird ihn ja nicht schlagen, es ist nicht sein Kind.

Manchmal denk ich, Stefan würd mir entgegenkommen.

Ich bleib stehen, aber dann ist es jemand anderes. Oder es kommt mir vor, als würd ich ihn plötzlich in einer Menge sehen. Den Rücken in der Lederjacke, in der ich ihn zum ersten Mal gesehen hab. Die ist bestimmt längst im Müll, so lange ist das her. Also er in dem braunen Lederzeug. Einmal seh ich ihn hinter mir in einer Fensterscheibe. Mein Herz schlägt, ich dreh mich um – da ist niemand.

Vielleicht könnt ich ihm einen Brief schreiben, aber was soll ich schreiben. Daß ich die Nacht zum Tag gemacht hab und unser Sohn in einer Anstalt eingesperrt ist. Eine halbe Weltreise ist's, um zu ihm zu fahren. Das Wochenende reicht da nicht, ich muß mir freinehmen. Und wer weiß denn, ob sie einen nicht einfach vergessen. Erreichen sie mich einmal nicht, holen sie sich jemand anderen. Ich qualm wie ein Schlot, nur das verschafft mir ein Vergnügen, aber wie meine Lunge schon aussehen mag.

In dieser Therapie sind außer Stefanek noch neun Jungen, und es gibt fünf Psychologen. Stefanek hat so einen, der mit ihm überall hingeht. Sie teilen sich sogar ein Zimmer. Jung ist er, ein liebes Gesicht hat er. John Silby. Von seinen vorderen Zähnen ist einer abgebrochen. Mir sagt er, daß ich einen phantastischen Sohn hab, daß er ganz toll denken kann, daß man ihm nur helfen muß, damit er aufhört zu leiden.

›Aber warum leidet er?‹ frag ich.

›Weil alle empfindsamen Menschen leiden. Das ist unvermeidlich‹, antwortet er.

Schweigend dreh ich den Kopf weg und preß meine Augen fest zusammen, damit der junge Doktor die Schuld nicht in ihnen findet.

Nachher im Zug hab ich dann gedacht, ob es gut ist, daß mein Junge dort ist. Weder mich noch ihn hat jemand gefragt. Sie haben einfach gesagt, daß er in diese Anstalt muß.

Ein Haus im Wald, überall nur Bäume, Bäume, wegrennen hat da gar keinen Sinn, wohin auch? In dem Gestrüpp würd sich jeder gleich verirren. Alle arbeiten von morgens an hart. Sie fällen dicke Stämme, sägen sie in Stücke, machen Bretter und daraus dann Möbel. Alle zusammen, die Kinder und ihre Erzieher. Die Hände von meinem Sohn sind hart wie das Brett, aus dem er ein Regal macht. Vielleicht hat er es schon fertig. Zwei Wochen sind vergangen. Vorläufig fahr ich nicht hin. Halinas Schwager und ihre Schwester wollen am nächsten Wochenende zu ihm. Ich spür, daß sie es mir irgendwie vorwerfen wegen Stefanek, daß ich zu wenig auf ihn aufgepaßt hab oder so. Aber ich kann mich nicht beim eigenen Kind einschmeicheln. Sie waren's, die ihn verdorben haben, immer hat er Geld für einen Kaugummi oder fürs Kino gehabt. Mit Gewalt haben sie es ihm zugesteckt. Und Halinas Schwester hat ihn ständig an sich gezogen, gestreichelt, geküßt. Mir war es schon ganz peinlich, mir, der Mutter. Aber jetzt schreibt er doch nur mir. Und er schreibt: Liebste Mama. Meine liebe Mama ...

Ich hab jetzt eine gute Arbeit, bei einem Zahnarzt mit einer Privatpraxis. Nur manchmal mach ich noch die Nachtwachen, damit ich was extra verdienen kann, weil ich mir ein Häuschen auf Raten gekauft hab. Stefanek wird bald wieder heimkommen.

Der Chef von mir ist ein guter Fachmann, die Leute kommen alle zu ihm gelaufen. Aber ein komischer Kauz. Einmal, so am Anfang, da komm ich früher, um mich in der Praxis umzusehen. Fürs Saubermachen war jemand anderes da, aber ich will immer wissen, wo was seinen Platz hat. Damit ich nachher nicht zu suchen brauch. Ich steh beim Glasschrank, räum da was. Ich hör, wie die Tür aufgeht. Ich dreh mich um, und da kommt mein Doktor rein, und er kommt so, wie ihn der Herrgott geschaffen hat, alles war zu sehen. Ich hab gedacht, ich fall um. Aber er ganz fröhlich: Sie sind schon da, sagt er. Eine fleißige Kraft sind Sie. Und so redet er mit mir, als wären wir beide angezogen. Dann hat er auf die Uhr geschaut. Muß mir die Uniform anziehen, weil sie gleich angeströmt kommen. Er ist aus dem Behandlungszimmer gegangen, und ich weiß nicht, was ich tun soll. Weglaufen und nicht mehr wiederkommen oder so tun, als wär er für mich angezogen gewesen. Ich bin geblieben, weil es schwer ist, eine gute Arbeit zu kriegen. Und für Stefanek muß ich doch die Schule bezahlen. Und nachher sagte mir Halinas Schwester, daß die Amerikaner es gern zwanglos haben. Bei sich zu Hause laufen sie rum, wie sie möchten. Es wär meine Schuld, daß ich zu früh gekommen bin. Bezahlt wird von dann bis dann, und da haben sie es nicht gern, wenn man es nach hinten oder vorne verlängert.

Überhaupt ist das hier eine verrückte Welt.«

*

Ein paar Minuten vor Lokalschluß standen sie vom Tisch auf. Jeder holte sich seinen Mantel von der Garderobe, und die Kragen hochschlagend verschwanden sie in der Dunkelheit des Dreikreuz-Platzes. Es gab nichts mehr, worüber sie hätten reden können, die Themen reichten nicht für einen Spaziergang, nicht mal für den Nachhauseweg.

»Wir, das sind immerhin wir.«

Das wiederholten sie sich jeden Freitag. Nur darum trafen sie sich, damit einer von ihnen die Losung sagen würde. Heute war es Bogdan zugefallen. Er hatte ihn nie besonders gemocht, obwohl sie einige Zeit zusammen gearbeitet hatten – oder vielleicht gerade deshalb. Er erinnerte sich an eine Schulinspektion. Bogdan hatte die Schüler ausgefragt und sich nachher im Lehrerzimmer deren Erzieherin vorgenommen. Er hatte gefragt, in welchem Jahr Lenin geboren sei. Die Lehrerin war über und über rot geworden, man hatte ihrem Gesicht angesehen, wie sie sich beim Nachdenken anstrengte. Bogdan hatte eine Weile gewartet, und als klar war, daß die Frau nichts antworten würde, hatte er streng gesagt:

»Wie wollen Sie die Jugend unterrichten, wenn Sie nicht wissen, in welchem Jahr Lenin geboren wurde!«

*

»Das Haus von uns. Auch so eine Schachtel. Die Wände sind blau angemalt, die Fenster weiß. Sauber, hübsch. Vor dem Haus ein Gärtchen, ich zieh darin Blumen und so ein bißchen abseits, damit man es von der Straße nicht sieht, Tomaten. Ich geh immer hin und schau nach, ob sie schon rot werden, und das macht mir Freude. Hübsch sieht das alles aus, aber als ob es nicht echt wär.

Manchmal setz ich mich auch auf die Bank – Stefanek hat sie mir aus Brettern gezimmert – gleich bei der Wand, damit man sich anlehnen kann. Also, ich setz mich da hin, die Hände über den Knien gefaltet, aber über mein Leben denk ich jetzt nicht mehr nach. Wozu auch, auf die Fünfzig geh ich zu... Mein älterer Sohn hat sich verheiratet, ein Kind hat er. Da bin ich jetzt Großmutter. Ich schick Päckchen. Wenn ich sie beim Postamt aufgeb, dann ist es eigenartig zu denken, daß sie über den Ozean bis dorthin kommen werden, wo ich mein Leben begann und die Liebe zurückließ. Eigentlich ist sie wohl hierher mit mir gekommen und hat sich in den Ecken ausgesät, aber sie treibt nicht aus, so vertrocknet ist sie. Durch Michałs Sohn weiß ich von Stefan. Er ist allein. Das Herz macht ihm immer mehr zu schaffen. Wir könnten uns gegenseitig eine Stütze sein.

Stefanek ist in die Höhe geschossen, ein Riesenkerl, so daß ich jetzt hochschauen muß wie einst bei Stefan. Er ist noch ein Kind, aber in diesem langen Körper wacht schon der Mann auf. Wenn ich ihn manchmal so von der Seite anschau, wie da das Männliche mit dem Kindlichen in ihm ringt, dann wird mir ganz eng ums Herz, nicht nur, daß ich keinen Mann mehr hab, jetzt hab ich auch kein Kind mehr. Aber damit müssen alle Eltern fertig werden. Nur daß er auch wieder irgendwie anders ist. Immer nur Bücher. Statt zu schlafen, liest er. Seinen Vater hab ich nie mit einem Buch gesehen, er hat gesagt, daß das Leben interessanter und ihm die Zeit zu schade ist. Und wenn ich den Sohn ansprech, ob er nicht mit Freunden wohin will oder mit einem Mädchen, dann sagt er nur immer, daß es schade um die Zeit ist. Beiden fehlt sie, und beide übertreiben es – nur in verschiedene Richtungen.

Ich hab ein gutes Kind. Es läßt mich an seinem Leben teilhaben, obwohl ich es an meinem nicht so hab teilhaben lassen. Abends erzählt er mir seinen ganzen Tag und erwartet von mir das gleiche. Und vom Wuchs, von der Figur her ist er dem Vater so ähnlich. Nur nicht so mager vielleicht, weil er Sport treibt. An ihm sind mehr Muskeln als an Stefan. Auch die Gesichtszüge hat er von ihm, nur die Augen sind traurig.

Als wir da nach Amerika geschwommen sind, hat er gesagt: Nur wir zwei werden zusammen sein. So ist es die ganzen Jahre geblieben. Außer Halinas Schwester und ihrem Schwager kennen wir niemanden. Ich hab keinen Menschen getroffen, dem ich mich öffnen mag. Stefanek hat wenigstens einen Freund, bei der Therapie hat er ihn kennengelernt, sie schreiben sich, treffen sich auch. Manchmal kommt der Freund aus der anderen Stadt, wo er wohnt. Ob das ganze Schreinern irgendwas bei ihm besser gemacht hat, ist schwer zu sagen, aber so traurige Augen wie mein Sohn hat er nicht. Ein Mädchen hat er. Er liebt sie und sie ihn, Stefanek dagegen geht mit einem Buch schlafen. Wenn wenigstens seine ganzen Fähigkeiten zu was Gutem führen, wenn er nur Anwalt oder Arzt werden möchte. Aber Geschichte macht er. Das ist doch kein Beruf. Nur daß die Universitäten hier anders sind als bei uns, hier lernen die Studenten vier Jahre alles, und erst dann spezialisieren sie sich. Vielleicht kommt er zur Vernunft bis dahin. Aber gibt es überhaupt jemanden, der da mitkommt? Wenn ich nur anfang, gleich verdreht er alles und macht sich lustig.

›Kennst du das Lied, Mama? *Geschichte, o Geschichte, was bist du für ein Weib, daß alle folgen dir im Kriegerkleid...*‹

Ich fahr richtig zusammen, wenn er so was sagt.

›Krieg‹, verbesser ich ihn.

›Krieg, Geschichte, das ist fast das gleiche. Die Menschen aller Epochen haben ein besonderes Vergnügen daran, aufeinander zu schießen.‹

›Wer hat daran ein Vergnügen? Jeder will leben.‹

›Und das sagst gerade du, Mama. Da, wo du herkommst, sind sie doch ganz versessen darauf, fürs Vaterland zu sterben, weil es süß ist, fürs Vaterland zu sterben.‹

Wenn das Gespräch auf so was kommt, dann verändern sich seine Augen, dann ist so viel Fremdes darin, daß ich es mit der Angst zu tun krieg, daß ich das eigene Kind nicht mehr versteh. Wie mit diesem Stein. Bis heute weiß ich nicht, wen er da in dieser Scheibe gesehen hat, wen er hat treffen wollen. Ich hab sogar Robert, den aus der Therapie, ein bißchen ausgefragt, warum mein Sohn so wütend auf die Welt ist. Das gibt sich von allein, hat er geantwortet, bei allen gibt sich das. Sein Leben in Ordnung halten, das kann er jetzt. Er bringt keine Bücher mit nach Hause, weil er weiß, daß man sich auf die schlecht stützen kann. Je mehr es sind, desto leichter können sie einstürzen. Wenn da noch mehr Familie wär, aber wir sind doch ganz auf uns gestellt. Es hat auch keinen Sinn, sich auf Halinas Verwandte zu verlassen, die helfen zwar immer, aber sie müssen zuerst mal an sich selber denken.«

*

Am Nachmittag verließ er die Wohnung, um spazierenzugehen, aber vor dem Haus änderte er seine Pläne und trat in eine Bar. In der Ecke ließ er sich nieder; gleich kam die Kellnerin in einem knappen Schürzchen.

»Kaffee?« fragte sie.

»Cognac.«

Das Mädchen zog die Brauen hoch. Er lächelte, als er ihre Verwunderung sah. Sie hielt ihn für einen alten Knacker, der vergessen hat, wie Alkohol schmeckt. Wie wenig weiß man doch über den andern, ging es ihm durch den Kopf. Für sie war er ein sympathischer Alter, und sie hatte überhaupt keine Ahnung von der Hölle, die er durchmachte.

Daß er in der Versenkung verschwunden war, hatte ihn nicht weiter gestört. Er hatte schon gewußt, daß er persona non grata war, daß neue Spieler auf die Bühne getreten waren. Die Menschen ließen sich begeistern, riefen bravo und hoben einen Typ mit großem, etwas kantigem Schädel* auf ihren Schild. Still lächelnd hatte er sich sein Teil gedacht. Viel Vergnügen! Giełas, der jetzt – hoho! – wer weiß wie hoch gestiegen war, redete ihm zu zu studieren.

»Die Zeit der großen Improvisation ist vorbei«, hatte Giełas gesagt. »Jetzt werden die das Sagen bekommen, die eine entsprechende Ausbildung haben. Fachleute. Qualifiziere dich, sonst bleibst du zurück.«

* Gemeint ist wieder Władysław Gomułka [Anm. d. Ü.].

Giełas hatte ihm jede Hilfe versprochen. Vielen Dank, aber über Büchern zu hocken, das war nichts für ihn.

In dem Städtchen erwartete man ihn mit Blumen, ein Mädchen in weißer Bluse und mit einer roten Krawatte hatte sie ihm überreicht. Vor Aufregung waren ihre Hände ganz feucht gewesen. Ein Typ mit Pubertätspickeln im Gesicht las ein paar Begrüßungsworte von einem Zettel ab. Und schon konnte er sich hinter dem Schreibtisch in seinem Arbeitszimmer niederlassen. So prächtig wie in Breslau war es nicht, und auch das Amt war nicht so bedeutend. Doch er hielt wieder Macht in seinen Händen. Er konnte über menschliche Schicksale entscheiden. Das war genauso erregend, wie wenn er sich mit einer Hure einließ und sie betatschte. Und jetzt drängten sie sich ihm auf, um mit ihm ins Bett zu steigen, die einen, weil sie sich einen Vorteil davon versprachen, die anderen einfach so, weil sie es gerne machten.

Schließlich hatte er Marta getroffen, seine dritte Frau.

*

»Seit ich keine Nachtwachen mehr mach, läutet das Telefon nur noch für Stefanek. Ich hör, was er da in den Hörer sagt, aber ich versteh kein Wort. Mein Sohn und ich, so ist das nun mal, unterhalten uns nur polnisch. Bei Fremden geht das irgendwie, wenn sie auf Englisch zu mir sprechen, aber nicht, wenn er's tut. Aber bei ihm geht es mit dem Polnischen immer schlechter. Wenn wir uns streiten, dann wechselt er gleich in die Sprache, die er gelernt hat, als er sieben war. Die liegt ihm mehr. Vielleicht ist es ja auch gut, daß er kein Heimweh hat. Daß er sich hier zu Hause fühlt. Für ihn bedeutet ›bei uns‹ etwas anderes als für mich. Einmal hat er mir so einen Becher gebracht, wo der Henkel nach innen ging. Und was soll das, frag ich. Er grinst säuerlich und sagt: Das ist ein Becher für Polen. Wir schauen uns an. Verstehst du immer noch nicht, Mama? Was gibt's da zu verstehen, Kind. Wen stört dieses Stückchen Erde denn?

›Alle‹, antwortet er. ›Schlechte Lage.‹

Wir schweigen.

›Weißt du, Sohn, mit den Tieren ist das so: Die einen zieht's zum Guten, die anderen zum Bösen. Der Platz im Haus, den sich die Katze aussucht, ist ungesund. Darunter ist eine Wasserader. Bist du krank, schon kommt die Katze zu dir. Beim Hund ist das anders, wo der Hund schläft, da ist's auch für den Menschen gut.‹

›Sieht fast so aus, als ob du mit einer Katze unter einem Dach lebst.‹

›Red nur so, red nur, dann wird's noch wahr.‹

›Aber es ist doch wahr.‹

›Du schaust so bitter drein. Dabei hast du am eigenen Leib nicht mal gespürt, was Armut ist. Du weißt nicht, was Hunger ist. Ich weiß es, mir hat's vor Schmerz die Eingeweide verdreht während der Besatzungszeit.‹

›Da ist alles einfach.‹

›Du weißt nicht, was du sagst.‹

›Da irrst du dich gewaltig, Mama.‹«

*

Das Telefon läutete. Er verspürte Angst, als er den Hörer abnahm. Wenn jetzt der amerikanische Sohn anrief, um alles abzusagen ... Um zu sagen, daß sie dort bleiben würde.

»Hallo.«

»Stefan, alter Freund, was ist los mit dir? Du warst nicht bei Edek zum Bridge.«

»Ich hab mich ein bißchen schwach gefühlt.«

»Aber morgen dann im Ujazdowski-Café?«

Voll Widerwillen legte er den Hörer auf. Warum ist dieser Herdentrieb so stark, warum kann keiner allein sein? An ihrem Bedürfnis, zusammenzubleiben, war etwas Krankhaftes. Sie nannten sich selbst die Ujazdowski-Partei. Sie zwinkerten sich zu, daß das doch nur zum Spaß sei, sie trafen sich, tranken ihren Kaffee. Aber im Grunde genommen nagte die Angst in ihnen, allein zurückzubleiben, überflüssig in der neuen Realität. Die Zeit ausfüllen, allem Anschein zum Trotz war das eine viel schwierigere Aufgabe als das, was sie früher getan hatten, vor der verdienten Pensionierung: Wie ließ sich die Zeit einholen? Dabei war die Frage doch, wohin sie eigentlich so eilten? Wozu stießen sie die wartenden Menschen zur Seite? Fehlten ihnen denn wirklich diese paar Minuten, um einfach innezuhalten?

Keine Frage, die Sache mit Wanda, ihre Überführung hierher, war ein Ereignis. Es könnte ein Signal sein, und sei es nur, daß Michał jetzt häufig bei ihm vorbeischaute. Gestern hatten sie zusammen eine Flasche geleert. Bei der Gelegenheit hatte er den Sohn gefragt, ob er seine Frau betrüge. Michał hatte lauthals gelacht.

»Was hast du denn gedacht? Eine Apparatur wie vom Besten, soll die etwa verkommen? Wie das halt so ist. Manchmal hat man wirklich genug, mag sich selbst nicht mehr, verspricht hoch und heilig, sich nach keiner mehr umzusehen, aber kaum ist man auf der Straße, da dreht sich der Kopf wie von selbst.«

Er hatte verständnisvoll genickt.

*

»Kazik und seine Frau sind zu Besuch gekommen, wir sitzen beim Tee. Da lächelt die Frau und sagt:

›Schickes Frauenzimmer.‹

Wir schauen sie an.

›In Stefaneks Auto. Allein die Sachen, die sie anhat, sind ein Vermögen wert, vom Rest ganz zu schweigen. Du wirst sehen, Wanda, im Handumdrehen wird sich deine Familie vergrößern.‹

›Ich rück zur Seite und mach Platz‹, antworte ich.

Der Besuch ist weg, und ich streich so um Stefanek herum. Keiner will als erster was sagen. Schließlich ich:

›Wer war denn das?‹

›Ich hab die Tochter des Rektors nach Hause gebracht. Ich hab für sie den Chauffeur gespielt.‹

›Ist sie hübsch?‹

›Was weiß ich. Ich hab sie nicht genau angeschaut.‹

So bös ist er geworden, daß ich schon gar nicht weiter gefragt hab. Vielleicht will sie ihn nicht. Unglücklich verliebt, dann ist's auch um ihn herum leer. Da ist es schon besser so, als wenn er vor Frauen überhaupt weglaufen würd. Er wird ja auch nicht jünger. Halinas Schwester muß wohl ähnlich gedacht haben, als sie mit diesem ›schickes Frauenzimmer‹ rausgeplatzt ist. Stefanek ist ihr ganz besonders nah, eigene Kinder hat sie nicht. Dauernd spricht sie nur von ihm, ist stolz, daß er schon als Student Zeitungsartikel schreibt, daß sie ihn drucken. Sie kennt sich sogar ein bißchen aus, aber er mag nicht mit ihr diskutieren. Er ist sehr höflich, antwortet auf jede Frage, aber sehr kurz. Er macht gleich einen Punkt, damit sie erst gar nicht weiterfragen kann. Sie war es, die rausgekriegt hat, daß Stefan dauernd nach New York fährt. Beharrlich, so zweimal die Woche steigt er in den dreckigen, rumpeligen Zug. Solche, die gibt es wohl nicht mal bei uns, wirklich ein Wrack. Überlegt haben wir uns, was ihn da hinzieht. Vielleicht hat er endlich eine gefunden, oder vielleicht geht er zum Psychoanalytiker. Jetzt rennt jeder zu so einem. So hat es mir Robert gesagt. Daß sich jetzt alle Intellektuellen beim Doktor auf diese Couch legen. Und daß sie gerade nach New York fahren, wenn es nicht zu weit ist. Am schlimmsten ist es im August, weil dann die Ärzte, die für den Kopf da sind, in Urlaub gehen. Da geht's dann los, Alkohol, Drogen, Selbstmord. Robert hat das vielleicht nicht so ganz ernst gemeint, aber ich hab selber von dieser Abhängigkeit gelesen. Und das sind meist Leute von der Universität, das hat die Umfrage gezeigt. Als ob Stefanek nicht woanders hingehen könnt.

Einmal hat es Halinas Schwester nicht mehr ausgehalten und ist ihm nachgefahren. Er ist ausgestiegen und zuerst da stehengeblieben, wo sie die Börsenkurse aushängen, dann ist er auf dem Bahnhof herumgegangen und nachher auf die Straße und in ein Antiquariat. Dort ist er so ungefähr drei Stunden gehockt, hat irgendwelche Bücher gekauft und ist wieder in den Zug gestiegen. Wir haben es gar nicht glauben wollen, daß er nur deshalb da hinfährt. Vielleicht hat er sich auf dem Bahnhof rumgetrieben, weil sein Mädchen nicht gekommen ist? Aber beim nächsten Mal war's genau das gleiche. Halinas Schwester hat nicht lockergelassen und ist ihm so lange nachgefahren, bis es ihr schließlich zu blöd war. Stefanek bleibt stehen, immer in der Bahnhofshalle, und dann geht er und stöbert in den Büchern.«

*

Er hatte plötzlich Sehnsucht nach seiner Enkelin, nach ihrem phlegmatischen Lächeln. Er ging los, um sie vom Kindergarten abzuholen. Zu Fuß gingen sie nach Hause, er hielt das Kind an der Hand.

»Weißt du, Stefan, bei uns in der Gruppe ist eine Wanda. Aber die sieht ihr überhaupt nicht ähnlich.«

»Wem?«

»Na ja, der Großmutter da.«

»Woher weißt du denn, wie sie hieß?«

»Von Papa, aber das ist unser Geheimnis.«

Eine Heimkehr im Triumph also, dachte er unwillig.

*

»›Was hast du heute gemacht, Mama?‹

›Ach ... ich war bei Halinas Schwester und hab ihr geholfen, ein Kleid zu heften. Erinnerst du dich an die Johnsons, die gleich bei ihr um die Ecke wohnen? Er ist so spindeldürr.‹

›Ja, ja, ich erinnere mich.‹

›Die lassen sich scheiden. Nach zwanzig Jahren.‹

›Hab ich's nicht gesagt, daß die noch durchdrehen, wo sie dauernd den Rasen mähen.‹

›Das hat damit nichts zu tun, Stefanek. Die Leute haben einfach immer weniger Geduld füreinander.‹

Halinas Schwester und ich sind zusammen beim Kaffee gesessen und haben uns unterhalten. Das passiert selten, weil wir beide immer was zu tun haben.

›Und hättest du nicht Lust, noch mal da hinzufahren, wo du herkommst, nach Hause, einfach nur, um zu schauen?‹

›Ich weiß nicht recht‹, antworte ich, und die Frage macht mir plötzlich angst. Denn, wo ist das schon, mein Zuhause? In alle Winde zerstreut.

Und wieder sie:

›Meine Halinka hat dich ja so lebendig beschrieben. Kazik und ich haben damals gleich Lust bekommen, dich kennenzulernen. Na und siehst du, jetzt gehen wir schon so viele Jahre denselben Weg.‹

›Und der Brief, gibt's den vielleicht noch?‹ frag ich. Ganz fremd und ängstlich ist mir's ums Herz.

›Irgendwo liegt er vielleicht noch. Ich werd ihn suchen.‹

›Bei Gelegenheit mal‹, sag ich, und schon möcht ich, daß der Brief sich nicht findet. Weil er doch nur Erinnerungen an jene weckt, die ich damals beweint hab. Dabei hab ich mich doch schon abgefunden. Soll ich jetzt wieder damit anfangen? Vielleicht ist das auch der Grund, daß ich nicht mehr in die Heimat fahr. Jeden Tag zu zählen, von Anfang an, das ist nichts mehr für mich.

Aber sie bringt den Brief.

›Ich werd ihn zu Hause lesen‹, sag ich, ›denn zum Lesen brauch ich schon eine Brille.‹

Ich geh nach Hause, das mir plötzlich nicht mehr wie mein Zuhause vorkommt, nur wie eine Station auf einem Weg, den ich überhaupt nicht hab einschlagen wollen.

Meine liebe Schwester, lieber Schwager!
Ich habe Euch all die Jahre selten geschrieben, weil ich mit den Kranken alle Hände voll zu tun habe. Aber ich habe Euch nicht vergessen. Es tut mir auch leid, daß ich Euch nicht besuchen konnte, obwohl Ihr mich so oft eingeladen habt. Immer nur die Arbeit. Immer ist da jemand, der mich braucht. Wie soll man da weg?

Ich habe Euch nie um etwas gebeten, Euch verboten, Päckchen zu schicken, weil so jemand wie ich, der ganz in seinem Dienst aufgeht, wenig braucht.

Aber jetzt habe ich eine ganz dringende Bitte an Euch, nehmt mein Kind auf, es ist zwar nicht mein eigenes, aber mir genauso nahe. Ein bißchen ist es meine Schuld, daß ich sie in eine Richtung gelenkt habe, wo sie jetzt nicht mehr zurück in ein normales Leben kann. Aus einer gewöhnlichen Frau ist unter meiner Obhut ein Pflänzchen geworden, auf das man sehr aufpassen muß. Wenn ich gewußt hätte, in welchen Boden ich den Samen lege, hätte ich es mir zehnmal überlegt. Aber jetzt ist es halt geschehen. Sie ist zu hoch emporgewachsen, ist zu schwach für das Leben hier bei uns, in dem jeder selbst schauen muß, wo er bleibt. Es ist schwer, jeder sucht sich jemanden, aber sie steht abseits. Wenn sie mich nicht mehr hat, weiß ich nicht, wie sie zurechtkommen wird. Sie hat nur eine Tante, aber die kann es selbst nicht mit den Leuten. Beim Pfarrer steht sie in der Küche.

Nehmt das Mädchen bei Euch auf. Ich weiß nicht, wie es in dem Amerika ist. Aber Ihr zwei werdet es schon schaffen, ihr, wenn nötig, eine Hilfe zu sein. Einen kleinen Sohn hat sie, er wird heranwachsen und sie unterstützen. Jetzt ist er noch zu klein. Auch ihn empfehl ich Eurer Fürsorge an.

Schlagt mir meine Bitte nicht ab, weil ich sonst bis zum Ende keine Ruhe mehr habe.

Eure ergebene Schwester und Schwägerin

Halina Kulińska

Białystok, 4. III. 1961«

*

Ja. Wanda hatte ein Talent gehabt, die richtigen Menschen zu treffen, sie anzurühren. Bei ihm war es umgekehrt. Egal, wo er hinkam, es war dann immer einer zuviel. Wie auf dieser Jagd. Es hatte sich einfach gehört, daran teilzunehmen. Das war damals gerade Mode: ein Pelz mit großem Kragen und eine Flinte über der Schulter. Ihm war das zuwider. Das viele Blut. Und kein echter Gegner. Etwas anderes war es, sich an einen Menschen heranzupirschen. Der spielte das gleiche Spiel wie er. Aber ein Tier? Von den Treibern gejagt, lief es direkt vor die Flinte. Er hatte schon nicht mehr gewußt, wie er sich aus derartigen Vergnügungen herausreden sollte. Einmal hatte er es auf seine Lumbago geschoben, aber wie oft ging das? Władek, ein passionierter Jäger, hatte darauf bestanden. Für Peterek war die Jagd dazu da, seine Männlichkeit unter Beweis zu stellen. Die berechnete er nach Rebhühnern und Hasen. Peterek konnte die von ihm gezeigte Abneigung nicht verstehen.

Erleichtert hatte er das Trompetensignal vernommen, daß der Spaß vorüber war. Alle waren sie beim Lagerfeuer zusammengekommen, von wo schon der Duft des Bigos nach allen Seiten zog. Die Strecke wurde in Augenschein genommen.

»Wojewode Gnadecki, ein sechsjähriger Eber.«

Er hört das. Dabei hat er doch nicht ein einziges Mal geschossen. Aber da ging es schon los. Der Jägermeister tauchte einen Fichtenzweig in den Schweiß des Tieres und beschmierte dem glücklichen Jäger das Gesicht. Alle riefen bravo.

»So ist es Brauch bei der ersten Trophäe«, hatte der Förster gesagt.

Am nächsten Morgen im Büro hatte er einen Lärm gehört. Wanda wollte jemanden nicht zu ihm vorlassen. Er hatte die Tür aufgemacht. Da stand eine Frau. Gekleidet wie eine vom Land, in Pelz und Filzstiefeln, aber mit einem ausgesprochen intelligenten Gesicht, in dem noch die Spuren früherer Schönheit zu erkennen waren. Von ihm hatte sie verlangt, daß er für das Wildschwein, das ihr Mann erlegt hatte, bezahlen sollte. Wortlos holte er sein Geld heraus. Wanda schaute sie beide an, ohne etwas zu verstehen. Die Frau steckte ohne jede Eile das Geld ein, Verachtung lag in ihren Augen. Wie sich herausstellte, war sie die Frau des Jägers, in dessen Revier die Jagd stattgefunden hatte, und auch noch die Tochter eines ehemaligen Professors der Lemberger Universität. Er hatte römisches Recht gelehrt. Die Frau war bekannt für ihre scharfe Zunge, selbst Władek hatte Respekt vor ihr gehabt.

*

»Stefanek hat ein Stipendium für Oxford bekommen, zwei Jahre wird er dort sein. Im ersten Moment war mir der Gedanke furchtbar, daß ich ihn wieder verlieren soll, aber dann hab ich mir gedacht, vielleicht ist es gut, daß wir eine Weile ohne den anderen sind. Er klebt zu sehr an mir, deshalb gibt es keine andere Frau bei ihm. Die Nabelschnur ist nicht durchtrennt, sagt Halinas Schwester, vielleicht hat sie ja recht, vielleicht ist es aber auch Eifersucht, weil sie selbst kein Kind hat. Ich hab ihn doch von mir aus nie festgehalten, sogar zu wenig hat er mich gesehen, als wir hier angekommen sind. Er war dann doch ganz allein in diesem riesigen Land, vielleicht hat das was in ihm verbogen. Er war doch noch ein Kind, und dann die fremden Menschen, die fremde Sprache. Davor ist er ja bei der Tante im Pfarrhaus gesessen und hat gerade so viel wie von der Veranda bis zur Straße gesehen. Nur mich haben seine Augen gesehen, wenn ich am Sonntag immer von Białystok gekommen bin, das haben sie dann auch fürs ganze Leben behalten.«

*

Auf dem Fensterbrett hatte sich eine Taube niedergelassen. Sie stand im Profil da, ihr Lid verdeckte immer wieder das graublaue Auge, und das war der einzige Hinweis, daß der Vogel nicht aus Stein war. Er lebte.

Sie lebt, wurde ihm plötzlich bewußt, sie empfindet das gleiche Unbehagen über die regnerisch herbstliche Jahreszeit. Sie existiert, sogar ganz nah. Nur daß daraus nichts folgt. Im nächsten Moment wird sie davonfliegen, und sie werden sich vielleicht nie wieder begegnen. Dieses Zusammentreffen von Mensch und Tier. Es war ihm nie der Gedanke gekommen, zum Beispiel einen Hund zu haben. Dabei wäre das überhaupt nicht so schlecht gewesen, es hätte seinen Spaziergängen einen Sinn gegeben. Denn dieses ziellose Herumlaufen verursachte doch nur Verluste. Er kam immer zerschlagen und verärgert nach Hause zurück. Seine

Spaziergänge waren die Zeit, in der er gezwungen war, nachzudenken, rückwärts zu schauen. Eine raffinierte Tortur, der er sich selbst aussetzte. Es hätte ja genügt, einfach nicht spazierenzugehen, mit einem Buch zu Hause zu bleiben. Und trotzdem, tagein, tagaus erhob er sich aus seinem Sessel, zog die Schuhe an, den Mantel und warf sich selbst in das Hundewetter hinaus. So war es hier um diese Jahreszeit. Warum er sich so quälte, vermochte er nicht zu sagen. Wider Erwarten war das keine leichte Frage. Er hätte die Sache auf sich beruhen lassen können und einfach sagen: Gewohnheit. Aber das hätte nach einem Ausweichmanöver ausgesehen. Von denen hatte er sich schon zu viele in seinem Leben geleistet. Sie hatten ihn um seine Vergangenheit gebracht und erlaubten ihm nicht, sein Konto zu schließen. Ständig stieß er auf Lücken, Ungereimtheiten. Wofür hatte er sich wirklich interessiert? Seinerzeit hatten ihm Autos Spaß gemacht, er hatte sie oft gewechselt, ein paar hatte er in betrunkenem Zustand zu Schrott gefahren. Das hatte sich immer vertuschen lassen. Aber kurz bevor er Marta kennengelernt hatte, in dem Städtchen, da war das Mädchen, das mit ihm gefahren war, schwer verletzt worden. Die Familie hatte keine Klage erhoben, doch er hatte beschlossen, sich nicht mehr hinters Steuer zu setzen. Und er hatte Wort gehalten.

Er mochte die Frauen, er liebte sie. Jetzt befanden sie sich außerhalb seiner Reichweite. Er würde wohl noch seinen Mann stehen, doch darum ging es ja gar nicht. Die Frau, seine Frau war zusammen mit seiner Jugend fortgegangen. Er hatte Format bewiesen, daß er ihr erlaubt hatte, fortzugehen, daß er sich so großzügig gezeigt hatte.

*

»Stefanek schreibt jede Woche. Und er schreibt: Mama, liebe Mama. Ich schau mir die von ihm beschriebenen Blätter von allen Seiten an, ob ich irgendeine Spur find, daß er jetzt unter Menschen geht. Ich bin keine gute Mutter. Selbst eine Ente bringt ihren Jungen das Schwimmen bei. Und ich hab meine sich selbst überlassen. Was bin ich für Michał gewesen? Ich hab immer nur Augen für Stefan gehabt, das kleine Kind irrte irgendwo zwischen uns herum. In einem Winter war es sehr krank. Es hat am ganzen Leib geglüht und hat geweint. Es wollte, daß ich bei ihm bleib, aber ich hab das Dienstmädchen bei ihm gelassen und bin mit Stefan weg. Während des Empfangs saß ich wie auf Nadeln, aber ich hab Angst gehabt, ohne Stefan heimzugehen, weil er dann vielleicht eine andere gefunden hätte. Das kann nur eine Frau verstehen, die auch ungeliebt ist. Ich weiß schon nicht mehr, wie es ist, wenn ein Mann einem was Liebes sagt. So viele Jahre ist es her. Ich weiß nicht mehr, was es heißt, einen Mann zu haben, ich steh allein unter diesem großen, weiten Himmel.

Bei uns zu Hause war der Sonntag der allerschönste Tag, aber hier kommt er für mich zuletzt, denn wenn ich nicht arbeiten geh, wird mir die Zeit lang. Jetzt, wo Stefanek fort ist. Ich denk an früher. Im Juli hat man Konfitüre eingekocht, dazu hat man eine große kupferne Pfanne genommen, und darin wurden mit einem großen Löffel mal Himbeeren oder auch mal Stachelbeeren verrührt. Wir Kinder haben uns da nicht aus der Küche jagen lassen. Wir haben uns hingesetzt und gewartet, bis wir die Pfanne auskratzen durften. Da hat mir später nichts mehr so geschmeckt, kein Bonbon, keine Schokolade. Wie man doch so Sachen nicht vergißt. Oder das, wie ich zum ersten Mal im Leben das Mittagessen gekocht hab, so acht bin ich wohl gewesen, ich hab die Bohnen in den Topf geschüttet, sie mit Wasser bedeckt und auf den Herd gestellt. Es dauert eine Stunde, zwei, aber die Bohnen sind noch steinhart. Da hat Mama nachher aber lachen müssen.

Alles muß man lernen, jede Tätigkeit, sonst gibt's einen Fehler nach dem anderen. Ich hab nicht auf den Vater gehört, deshalb sitz ich jetzt in New Heaven, so heißt unsere Stadt, und bin mir selber fremd. Denn sobald ich diese Frau, die ich bin, was frag, da hat sie keine Antwort. Bist du glücklich? Sie weiß es nicht. Unglücklich? Weder ja noch nein. Einmal hab ich von einer Tür geträumt. Ich steh davor, sogar Kratzer wie von Krallen kann ich sehen. Und ich hab mich mit dem Gesicht gegen das Holz gelehnt. Und da war hinter diesem braun gestrichenen Brett Stefans Stimme. Er sagt irgendwas, ich kann die Wörter nicht unterscheiden.

Von Stefan träum ich nie, nur von den Orten, wo wir zusammen waren. Die Straße durch den Wald, unsere erste Wohnung, unser erstes Auto. Aber er ist nicht da. Ich weiß, daß er gleich erscheinen wird, aber nichts... Ich warte. Aber er kommt nicht. Als würd er mich auf die Art rufen wollen. Er ist doch allein.

In einem Brief hab ich an Stefanek geschrieben, ob er vielleicht die Heimat besuchen will, wo er so nah ist. Und jetzt hab ich so eine Antwort von meinem Sohn gekriegt, daß ich meine Augen drei Tage lang nicht aufmachen kann, so geschwollen sind sie vom Weinen.«

*

Es war ganz offensichtlich, daß er sich auf das Gespräch mit dem jüngeren Sohn vorbereitet hatte. Als dieser ihm vorschlug, auf Dauer nach Amerika zu kommen, hatte er eine Antwort parat.

»Ich habe über Warschau die Stukas gesehen, in Dreierformationen sind sie geflogen, der Himmel war ganz schwarz. Und damals habe ich meiner Stadt geschworen, sie niemals zu verlassen.«

Er war in dem schweigenden Zug marschiert. Man hatte sie in Viehwaggons geladen – zu einer Fahrt mit unbekanntem Ziel. Es war ihnen gelungen, die Tür aufzuhebeln, in Abständen sprangen sie einzeln ab. Die ersten drei wurden von Kugeln zu Boden gestreckt, den anderen hatte der Mut gefehlt, nur er hatte sich entschlossen, es noch zu wagen. Er war auf eine verlassene Scheune gestoßen und hatte sich auf einen Ballen schwarzen, muffigen Strohs geworfen; das Dach war undicht. Ein Geräusch hatte ihn geweckt. Er war hochgefahren und hatte den Gegner überwältigt. Ein Mädchen. Sie war viel zierlicher gewesen, als sie in ihrer Kleidung gewirkt hatte, einem langen Männermantel. Auf dem Kopf trug sie eine lederne Pilotenkappe. Sie hatten ein Gespräch begonnen. Sie war Sanitäterin und hatte ein ähnliches Abenteuer hinter sich wie er, nur daß sie zusammen mit Zivilisten aus Warschau abgeführt worden war. Danach das Lager in Pruszków und die Flucht aus dem Zug. Mit zunehmendem Licht hatte er ihr Gesicht erkennen können. Feine Züge, riesengroße Augen und ein kindlich geformter Mund. Es war kalt gewesen, sie hatten sich deshalb eng aneinander geschmiegt. Ihr Herz schlug ganz nah. Er spürte, wonach sie sich sehnte. Aus jedem Blick, aus jeder Geste sprach die Sehnsucht nach einem Mann, der endlich kein Stück eiterndes Fleisch wäre, von dem kein Stöhnen, keine Bitten um Hilfe, um Erbarmen kämen. Doch es fehlte ihm der Mut. Oft mußte er später an dieses Mädchen denken, das für ihn nie älter wurde. Immer hatte es dieses junge, wunderschöne Gesicht und einen Ausdruck von Wehmut in den Augen.

*

»Vielleicht würd's mir einfach auch leid tun, unser Häuschen zu verlassen, so viele Jahre hab ich darin gelebt. Alles ist mir vertraut, ich weiß, wo was liegt. Hierher hat mein Schicksal mich verschlagen, und hier soll ich leben. Stefanek und ich haben uns an den Tisch gesetzt, ich hol Fotos hervor. Wir schauen sie an, ich erzähl, er hört zu. Es gibt solche Momente, da glaub ich, Stefan würd neben mir sitzen. Der ganz junge noch, wie ich ihn gerade kennengelernt hab. Aber Stefanek runzelt die Brauen nicht so wie er. Bei Stefan waren sie beweglich, ich hab an ihnen immer alles ablesen können – ob er fröhlich war oder traurig. Bei meinem Sohn stehen sie still, bei ihm sind die Augen am wichtigsten.

Ein Bild ist von Stefan aus dem Aufstand*. Er steht lächelnd vor den Ruinen, neben ihm ein Mädchen mit einer Armbinde, auch ganz jung. Was wohl aus diesem Mädchen geworden ist? Ist sie umgekommen, oder hat ihr das Leben genauso zugesetzt wie mir?

›Sieh nur, wie hübsch sie ist‹, sag ich. ›Du hast ja nicht fahren wollen, vielleicht hättest du eine kennengelernt.‹

›Wozu, damit sie mir eine Schärpe näht und mich auf die Barrikaden schickt. Danke, ich bin Zivilist und möchte leben.‹

Wir sind bei einem Arzt gewesen, das heißt, Stefanek hat mich zu einem Professor gebracht. Mein Blutdruck geht so nach oben, daß man nicht weiß, was daraus wird. Wenn es dann wenigstens ganz zu Ende geht, wenn ich nur nicht auf Gottes Erde liegen muß, ohne es zu wissen, denn dann würd die ganze Last erst wirklich auf meinen Sohn fallen. Vor dem

* Gemeint ist der Warschauer Aufstand von 1944 [Anm. d. Ü.].

Tod hab ich keine Angst, aber so ein Gedanke erschreckt mich. Der Professor hat lange nachgedacht, alle Untersuchungen sich angeschaut und dann wie ein Wasserfall geredet, doch ich hab nur wenig davon verstanden. Mit Fremden hab ich Schwierigkeiten beim Reden. Stefanek ist wütend und meint, daß ich extra hab die Sprache nicht lernen wollen. Und daß ich von den Leuten verlang, daß sie langsam zu mir sprechen, das wär auch mein böser Wille. Das ist kein böser Wille, sag ich. Das ist mein böses Schicksal. Es heißt, daß Wanda ein Unglücksname ist. Wie man sieht, ist das wahr. Mama, du glaubst vielleicht einen Schwachsinn. Und im Haus läßt mich mein Sohn gar nichts machen. Alles nimmt er mir aus der Hand, das ist zu schwer ... und das. Keinerlei Anstrengung. Kind, mach dir um mich mal keine Sorgen, schau zu, daß du zurechtkommst. Es wird geschehen, was mir bestimmt ist.

Einmal ist ein Mädchen hier gewesen, aber sie hat so schnell geredet, daß ich nichts verstand. Ihr Gesicht war sogar hübsch, Augen wie Saphire. In Jeans, lange Beine, wie sie sich hingesetzt hat, da reichen sie durchs halbe Zimmer. Ist das deine Freundin? frag ich, nachdem Stefanek sie zum Auto gebracht hat. Er hat gelächelt und gesagt, meine Studentin. Ja, natürlich, Stefanek unterrichtet ja bereits andere, obwohl er noch so jung ist. Mein Sohn klettert die Leiter hoch, aber für mich ist sie zu hoch, als daß ich da noch mit kann. Er tritt sogar schon im Fernsehen auf. Es gab ein Gespräch mit ihm, über ein Buch, das er geschrieben hat. *Die Geschichte der Universitäten in Rußland vor 1905.* Zweimal ist er in die Sowjetunion gefahren und hat in den Archiven gewühlt. Ich hab gefragt, wie es dort aussieht, ich bin neugierig, weil das doch ganz nah zu Polen ist, nur über die Grenze. Da sagt er: Also im Dezember kriegst du in Moskau keine Orangen, da muß man in den Kaukasus fahren. Als er wieder zurückgekommen ist, da hat er auch ein Gespräch im Fernsehen gehabt, aber es hat so viele Programme, daß ich alles durcheinandergebracht und es verpaßt hab. Weil du gar nicht hier leben willst, Mama, hat er ganz böse gesagt. Wozu schaust du immer nach rückwärts? Nach diesem blöden Vater. Mir ist von dem, was er da sagt, ganz schwarz vor den Augen geworden. Über den Vater darf man nicht so, der Vater ist ... Wie intelligent der gewesen ist. Wenn er angefangen hat zu reden, dann haben sie ihm zugehört. Wunderbar hat er das alles vorgetragen. Und auch ganz jung war er. Vierundzwanzig, als er Wojewode geworden ist. Weißt du überhaupt, was das für eine Macht war, mein Sohn? Voll Verachtung reagiert er auf dieses Bild und die Ähnlichkeit. Die Welt von damals ist längst untergegangen, sagt er. Jetzt zählen andere Sachen. Welche Bedeutung hat es denn, daß mein Vater mit seinem Hintern lederbezogene Sessel durchgesessen hat. Gleich muß ich an das lederne Sofa denken, an das aus Stefans Arbeitszimmer, und sofort bin ich rot angelaufen. Ich hab Angst gekriegt, daß Stefanek meine Gedanken lesen kann. Er ist so klug. Halinas Schwester kann sich gar nicht genug wundern, daß dieser Junge, mit dem sie zum Eisessen gegangen ist, so eine Karriere gemacht hat. Auch Kazik ist ganz stolz auf ihn. Und ich? Für mich ist er der Sohn von Stefan. Bestimmt ist er deshalb so böse auf den Vater. Er hätt von mir gerne mehr gehabt, aber ich kann es ihm nicht geben. Vielleicht hat er ja recht, daß ich mit dem Kopf nach hinten leb.

›Zum Wochenende sind wir eingeladen. Ich hab schlecht nein sagen können‹, sagt Stefanek.

›Bei wem denn?‹

›Bei meinem Chef.‹

Wir sind hingefahren. Privatstraße. Ein Landsitz wie im

Film. Reichtum. Schöne Menschen. Er mit so einer grauen Mähne, die er sich wie ein Junge aus der Stirn streicht, und dann sie, ganz gepflegt. Sie muß etwa so alt sein wie ich, aber das ist gar kein Vergleich. Ganz zuvorkommend ist sie, beide eigentlich, er spricht langsam und beugt sich zu mir, damit ich ihn verstehen kann. Stefanek muß ihm da was gesagt haben. Bei all der Höflichkeit von denen ist man ganz gehemmt und hat Angst, irgendwo anzustoßen und aus Versehen etwas kaputtzumachen. Sie hat mir alles erzählt. Sie haben zwei Töchter, eine ist verheiratet und lebt in London, mit zwei Kindern. Die andere hier, mit ihnen. Sie hat nicht studieren wollen, aber verdient ihr Geld selber, sie ist Modell. Hier wollen die Kinder nichts von den Eltern nehmen, sogar von den ganz reichen. Die Jüngere wird noch kommen, weil sie erfahren hat, daß Stefanek heute hier ist.

›Wir mögen Ihren Sohn sehr‹, sagt ihre Mutter. ›So ein begabter Mensch. Und wie gut er aussieht. Selten, daß jemand von allem hat.‹

›Das hat er vom Vater‹, antworte ich. ›Sogar das Gesicht und die Figur hat er von ihm.‹

›Ach ja?‹ hat sie ganz neugierig gefragt. ›Stefan redet nie von ihm.‹

Auch ich schweige, denn wie soll ich ihr das alles erklären.

Wir, die älteren Frauen, sitzen unter Sonnenschirmen auf der Veranda, der Rest spielt auf dem Rasen dieses Spiel, wo man einen Ball in kleine Löcher schlagen muß. Die jüngere Tochter ist schon da und noch zwei Kollegen von Stefanek.

›Sehen Sie, wie meine Tochter Stefan heimlich anschaut‹, sagt die Frau des Professors, ›und seine Augen suchen immer nur Sie.‹

›Er denkt, daß ich ohne ihn nicht zurechtkomm‹, lach ich, aber es tut mir weh, daß auch Fremde diese Fürsorge von ihm bemerken. Bin ich denn wirklich schon so hilflos?

Am nächsten Abend fahren wir wieder nach Hause. Die Schatten liegen tief zu beiden Seiten der Straße, das Auto gleitet wie ein Boot durch Wasserpflanzen. So eines hat sich Stefanek jetzt gekauft, das überhaupt nicht rüttelt.

›Du bist so still geworden, Mama. Müde?‹

›Machst du dir nicht zuviel Gedanken um mich? Glaubst du, ich komm nicht allein zurecht?‹

›Aber woher denn‹, lacht er. ›Alle werden schon am Boden liegen, aber du streckst auf den Barrikaden die Brust raus.‹

Und da sind gleich Stefans Worte: Wanda ist wie eine Rose. Die Brust rausgestreckt, die Augen glänzen. Da bin ich gleich ein bißchen fröhlicher geworden.

›Die Tochter von denen sieht gut aus. In dem kurzen Rock. Wunderschöne Beine.‹

›Genauso hübsch wie dumm!‹

›Was ist das schon – Weisheit? Wird man davon glücklich?‹

›Eine Frage des Geschmacks. Mich reizt nur das, was drinnen ist, da hat dic Tochter des Rektors nicht viel von mir. Du weißt, Mama, wie es damit ist, es muß einem schon in den Sternen geschrieben stehen.‹

›Bei uns im Dorf hat man gesagt: Ein Ungeschickter sieht überall nur Hindernisse! Ich hab fast schon Angst, daß mit dir was nicht stimmt.‹

›Spricht man so mit dem Sohn?‹

›Das ist wohl normal, daß eine Mutter über ihr Kind Bescheid wissen will. Und sie wünscht ihm das Beste.‹

›Natürlich, das ist normal. Hab mal keine Angst, alles ist in Ordnung.‹

Irgendwie hat sich diese Studentin von Stefanek in ihn verguckt. Geht er aus dem Zimmer, wandert ihr Kopf ihm nach.

Unverwandt starrt sie auf die Tür. Kind, denk ich, weißt du, auf was du dich da einläßt? Liebe ist eine Verantwortung, die über unsere Kräfte geht. Und er wird dich nicht lieben, neun Monate lang hab ich ihn mit Tränen genährt. Aber steht es in unserer Macht, einen Zug anzuhalten, wenn er einmal in Fahrt gekommen ist?

Sie ist ein liebes Kind. Das Gesichtchen ganz schmal, die Augen stehen so wie bei unserer Katze im Pfarrhaus. Dünn ist sie und trägt hochgeschlossene Pullover. Sie weiß, daß man, wenn man so mager ist, die Schlüsselbeine nicht zeigen soll, wie es die Frau von Stefan getan hat.

Ständig sitzt sie bei uns herum, bis sie dann eines Tages eine karierte Tasche mitbringt. Ich hab gleich gewußt, was jetzt kommt. Jag sie nicht fort, sag ich zu meinem Sohn. Es wird hier fröhlicher für dich sein. Darauf er, daß wir niemanden brauchen. Er hat die Tasche genommen und sie zusammen mit dem Mädchen aus dem Haus gebracht. So ungefähr einen Monat später ist er auf einen Kongreß gefahren, sie kommt. Die mandelförmigen Augen voller Tränen. Seid ihr dort alle so, sagt sie, kriegen die Menschen dort nie ein Lächeln zustande? Ich weiß schon gar nicht mehr, was ich sagen soll. Ich schau sie an, und sie tut mir so leid. Geh deinen eigenen Weg, Kind. Denn hier hast du nichts zu erwarten. Sie schüttelt den Kopf. Zu spät, sagt sie. So also sieht das aus, denk ich, daß alle Frauen dieser Welt wegen der Gnadeckis weinen müssen.

›Du suchst die Liebe nicht, Stefanek, dabei gibt sie den Menschen Flügel.‹

›O ja, ich weiß, Mama, mit ihnen bist du geradewegs bis nach Amerika geflogen.‹

Stefanek macht sich Sorgen um mich, alles nimmt er mir weg. Zuerst hab ich mit der Arbeit aufhören müssen, jetzt ist

Krieg wegen der Zigaretten. Sobald er nach Hause kommt, kontrolliert er gleich, ob nicht zufällig irgendwo ein Tabakkrümmel liegt.

Du bringst mich nicht weg von meinem Weg, mein Sohn, ich geh ihn zu Ende, bis dahin, wo für mich das eine Wort geschrieben steht, was mit einem E beginnt und mit einem e endet.

Halinas Schwester hat's mir gesagt, aber ich kann es einfach nicht glauben. Stefanek mit so einer Frau. Schon allein der Hund, den sie hat, dieser glattrasierte Pudel, müßte ihn doch von ihr vertreiben. Das ist bestimmt ein Versehen, aber Halinas Schwester schwört, daß es stimmt. Sie treffen sich, wann immer der Mann von dieser Frau wegfährt.

Ich sitz da und grüble, was ich tun kann, um ihn diesen lackierten Klauen zu entreißen. Also geh ich hin. Ich klingel am Tor. Vor Aufregung rauscht mir's in den Ohren. Auf ihren Absätzen wackelt sie mit dem Hintern, daß ihr fast die Hosen platzen. Bitte, bitte sehr, sagt sie, so viele Jahre wohnen wir nebeneinander und haben bisher kein Wort miteinander gesprochen. Trinken Sie einen Kaffee?

›Ich darf keinen Kaffee trinken‹, antworte ich.

›Ach ja, ja, ich weiß.‹

Sie weiß es. Sogar das hat er ihr gesagt.

›Eigentlich bin ich nur für einen Moment hier, mit dem Sohn hab ich gesprochen, daß wir Sie vielleicht mal für abends einladen. Ihr Mann ist im Ausland, da langweilen Sie sich bestimmt so allein.‹

Sie schaut mich an, sagt erst gar nichts.

›Dann weiß Stefan, daß Sie hier sind?‹

›Er hat mich selber dazu überredet‹, sag ich. Von all den Lügen brennen mir die Ohren.

Stefanek kommt heim, sieht, daß ich ein Kleid anhab und

nicht den Bademantel, in dem ich sonst immer zu Hause rumlauf.

›Ein hübsches Kleid. Neu?‹

›Ich hab's bei Macy's im Schlußverkauf gefunden. Rat mal, für wieviel.‹

›Zehn.‹

›Fünfunddreißig.‹

›Was ist das denn für ein Schlußverkauf, fünfunddreißig Dollar!‹

›Doch nicht Dollars, Cents‹, sag ich fröhlich, aber innerlich bin ich ganz aufgeregt, was hab ich da für einen Sturm angezettelt. Stefanek ist nervös, er wird wegen alldem noch ausziehen. Und wie werd ich dann allein zurechtkommen?

Es klingelt, ich spring hin, um als erste aufzumachen, bitte, treten Sie ein. Kaum hat er sie gesehen, macht Stefanek so eine Bewegung, als möcht er nach oben verschwinden. Aber nein. Er hat sie begrüßt wie eine Fremde. Es ist klar, daß er nicht weiß, was ich weiß. Wir sitzen da und unterhalten uns. Ich: Bestimmt langweilen Sie sich, wo Ihr Mann dauernd auf Reisen ist. Sie: So ist nun mal seine Arbeit. Ich: Wär's da nicht gut, die Familie zu vergrößern? Die beiden schauen sich an. Ich red weiter: Für eine Frau ist es am besten, das erste Kind zur Welt zu bringen, bevor sie dreißig ist, aber Sie sind wohl schon älter ... Schließlich geht sie. Ich hab sie zur Tür gebracht, wie ich zurückkomm, ist das Zimmer leer. Stefan ist schon oben.

Ich bin mir nicht sicher gewesen, ob es geklappt hat. Ich hab mich auf Halinas Schwester verlassen müssen. Sie ist der Sache nachgegangen: Stefanek hat sich da nicht mehr gezeigt.

Ich kam ins Badezimmer, da wäscht die Studentin von Stefanek ihre langen Haare, obenrum ist sie nackt. Ganz mager ist sie, jede Rippe sieht man, die Brüste sind wie kleine Knoten. Gleich ist mir meine Halina eingefallen, wie sie krank war, da war sie auch nur Haut und Knochen. Das ist mir so ans Herz gegangen. Ich hab das Kind richtig liebgewonnen. Und dauernd überleg ich, wie ich Stefanek dazu bringen könnt, sie auch zu mögen. Ich sitz mit ihm am Tisch, wir schauen zusammen Fotos an, ich erzähl, was wir beide schon auswendig kennen. Dann so nebenbei: Es wäre schön, wenn jemand hier wär, wenn du jetzt so in der Welt herumreist. Was werd ich machen, wenn mich die Krankheit noch mehr plagt. Nichts hat er geantwortet, aber es hat ihm wohl zu denken gegeben. Na, und kaum ist er auf dem Weg zum Flugzeug, steht das Mädchen in der Tür. Von ihr hab ich erst erfahren, was mein Sohn macht. Worüber er dauernd nachdenkt. Sie sagt auch, daß er ein phänomenales Gedächtnis hat, daß er schon Professor sein könnt, aber halt noch ein bißchen zu jung ist. Zum Dozenten reicht's. Das ist fast das gleiche, nur daß er keine feste Stelle hat. Wenn er sich bewährt, kriegt er eine, und wenn nicht: Danke, das war's. Sie sagt, daß es überhaupt keinen Grund gibt, sich Gedanken zu machen. Die Studenten verehren ihn. Er fängt immer mit einem Scherz an, alle lachen, und dann erst wird es ernst. Sie schreiben mit, daß es nur so knistert. Stefanek ist sehr schnell, wenn er redet, und ein zweites Mal sagt er es nicht. Man sieht gleich, daß er Stefans Sohn ist, bei ihm kam ich auf der Schreibmaschine auch nicht nach.«

*

Mit unsicherer Bewegung goß er die Gläser voll. Sie stießen an.

»Prost.«

»Ich sag dir, Michał. Ein Mann fühlt sich am wohlsten, wenn er allein ist. Eine Frau im Haus, das ist eine Katastrophe, ein Unglück. Alles nimmt sie dir so nach und nach weg, und du weißt nicht einmal, wann und wie. Plötzlich bist du nicht mehr du, Junge, plötzlich tanzt du nach ihrer Pfeife.«

»Das mußt du gerade mir sagen. Wenn die Kinder nicht wären, hätte ich schon längst meine Socken gepackt, eine Hose müßte ich gar nicht mitnehmen, ich hab sowieso nur die hier.«

»Warum hast du dann überhaupt geheiratet?«

»Dasselbe kann ich dich fragen.«

»Verdammt, ich war halt immer schnell verliebt. Jedesmal hab ich geglaubt, daß es ohne die eine keinen Sinn hat, morgens die Augen aufzumachen. Aber die Frauen, die wußten schon Bescheid ... Die Wiesia, erinnerst du dich? Das achte Weltwunder, wollte man meinen, aber ihr Hintern – ganz flach. Ich mag es lieber, wenn der so ein bißchen raussteht, so ein Negerpopo. Hab leider kein Glück gehabt ...«

»Jetzt übertreib mal nicht. Marta war ganz in Ordnung.«

»Die Beine, der Busen, aber hinten flach. Wenn man ihr die Pobacken so ein bißchen aufgepumpt hätte. So eine Pumpe müßte man erfinden, das wäre eine Schau.«

»Mir sind die Details egal. Als Ganzes muß es stimmen. Da denkt man zuerst, die Puppe ist nichts Besonderes, aber dann fügt sich das Knie mit dem Busen zu einer ganz herrlichen Einheit, oder die Wade mit dem Nacken. Da möcht man am liebsten gleich die Pferde satteln.«

Eine Weile hingen sie so ihren Erinnerungen nach.

»So vor rund einem Jahr hab ich Marta getroffen«, sagte der Sohn.

»Die?«

»Ich schau, da winkt eine, da hab ich halt angehalten. Hab sie nicht gleich erkannt, weil sie sich die Haare rot gefärbt hat. Und sie zu mir, ich sei wohl verliebt, daß ich die Leute nicht erkenne. Aber ich weiß verdammt noch mal immer noch nicht, wer sie ist. Schließlich hat sie es mir gesagt. Wegen ihrer Haare hab ich sie nicht erkannt, weil sie sich auch noch so einen Krauskopf gemacht hat. Hat mir ihre Nummer gegeben, aber ich hab nicht angerufen.«

»Geht es gut bei ihr?«

Michał lachte lauthals.

»Wem soll es denn gutgehen, wenn nicht ihr? Sie macht aus allem ein Geschäft, selbst aus ihrer eigenen Fotze. Sie hat einen geheiratet, mit dem reist sie jetzt durch die Welt.«

»Ich wäre auch durch die Welt gereist, wenn da nicht die wissenschaftlichen Ambitionen meiner Ex gewesen wären«, meinte er bitter.

»Eins sage ich dir, Vater, kein Grund, sich zu beklagen. Du wärst mit Karacho wieder hier gelandet, und dann wär es nur noch schlimmer, weil es noch mehr weh tut, wenn man von einem hohen Hocker fällt. Du hättest dich als Diplomat nicht geeignet, da kommt ein Schwergewicht nicht durch, da braucht es jemanden, der leichtfüßig hin und her springt, auf Zehenspitzen. Sonst ist Sense.«

»Du hältst mich wohl für blöd.«

»Kein Grund, gleich beleidigt zu sein, darum geht es nicht, jemand kann im Oberstübchen alles bestens haben, und trotzdem fliegt er in der ersten Kurve raus. Das muß man halt können, den Wind spüren, bevor er noch weht, und noch vorher wissen, in welche Richtung er weht. Und du? Einmal in Fahrt, bist du nach vorne gestürmt und hast gedacht, du seist der erste. Klar, nachher umkehren, das ist blöd, aber immer noch besser, als, scheiß drauf, dauernd auf dem Sprung zu sein. Hauptsache, man kann ruhig schlafen.«

Michał trank das Glas in einem Zug aus. Er verzog sein Gesicht.

»Eins, Vater, halt ich dir zugute, daß du irgendwie ehrlich bist. Damals mit diesem Direktorposten. Du hast denen klar gesagt, daß du von Mechanik nichts verstehst und hier nicht den Affen spielen wirst. Das hätte nicht jeder gemacht, Knete gab's viel, Ehre, Reisen.«

»Na und? Hat sich ein anderer gefunden, noch dümmer als ich.«

»Das ist schon sein Bier, verdammt. Sein Gewissen.«

»Gewissen, die Währung war damals nicht hoch notiert.«

»Um so größer die Ehre für dich, Vater.«

Es war das erste Mal, daß Michał so etwas sagte. Dachte er wirklich so, oder war das nur der Wodka? Auf jeden Fall erinnerte sich Michał daran. Das registrierte er dankbar.

Er schaute zu seinem Sohn hinüber. Der schlief im Sessel, der Kopf war ihm auf die Schulter gesunken. Die Haare verdeckten sein eines Auge, dadurch sah er aus wie ein kleines Kind. Zärtlichkeit überkam ihn. Er legte eine Decke über Michał.

*

»Zuerst hat er sie immer nach Hause, zu dem kleinen Zimmer gebracht, wo sie mit einer Kommilitonin zur Miete wohnt, aber irgendwann hat er ihre Tasche dann nicht mehr ins Auto getragen.

Die Hochzeit war bescheiden, weil die Eltern des Mädchens irgendwo bei der kanadischen Grenze wohnen und es sich für sie nicht gelohnt hat, so weit zu fahren. Außer uns waren nur Robert und Halinas Schwester mit ihrem Mann da.

Als die jungen Leute vor dem Standesbeamten gestanden haben, ist mir sofort wieder eingefallen, wie Stefan und ich damals die Ringe getauscht haben, und gleich sind bei mir die Tränen geflossen, was jetzt ganz selten vorkommt. Sogar das Weinen hab ich hier in der Fremde verlernt.

Nachher dann das Essen in einem Restaurant. Wir sitzen

so, da geht Stefanek für einen Moment weg und redet mit dem Orchester, und plötzlich hör ich was, daß ich schon selber nicht mehr weiß, wo ich bin, die Zeit dreht sich zurück wie ein Wirbelwind. Eine Melodie, wie sie sie bei einem Tanzabend bald zehnmal hintereinander gespielt haben, weil sie mir gefiel. Stefan hat den Spielern damals nicht mal was in die Tasche stecken müssen. Für den Herrn Wojewoden ist es uns ein Vergnügen ... Da war ein Solist, der hat herrlich gesungen. Jetzt spielen sie nur die Melodie: *Ein rosa Kirschzweig, der in meinem Garten blühte. Sie hat den blühenden Zweig im Garten umschlungen, seine Blüten wie einen Strauß an sich gedrückt, und sie haben ihr im geheimen etwas über dich und mich zugeflüstert.* So war der Refrain, aber angefangen hat es so: *Wir waren damals sechzehn ...* Stefan und ich sind da schon ein bißchen älter gewesen, aber das hat nichts gemacht, wo ich doch glücklich war und meine Seele wie dieser Kirschzweig geblüht hat. Ich also gleich ganz in Tränen, als wären meine Augen auch erst zwanzig Jahre alt. Halinas Schwester hat mir einen schallenden Kuß auf die eine Backe gegeben, ihr Mann auf die andere. Mach dir keine Sorgen, du wirst nicht allein bleiben, wir sind immer in deiner Nähe. Aber ich hab gar nicht deshalb geweint, sondern wegen meiner Jugend, die wie dieser Kahn, weil er nicht angebunden war, auf diesem großen Wasser verlorenging.

Das ist mir alles irgendwie so nahegegangen, daß ich mich sogar hab zum Tanzen überreden lassen. Als erster hat mich Robert aufs Parkett gezogen, aber wir hatten ziemliche Schwierigkeiten, weil ich auf die neumodische Art nicht tanzen kann. Danach dann, mit Halinas Schwager, hab ich mich im Kreis gedreht, einmal, zweimal. Meine Beine haben das ganz von selber gemacht. Halinas Schwager ist so richtig aufgelebt und hat nur noch mit mir tanzen wollen. Kazik, du mußt auch mit deiner Frau, zweimal wenigstens, sag ich. Aber er nur, daß sie keinen Spaß mehr daran hat. Zehn Jahre ist sie älter als er und macht ihr Türchen jetzt langsam dicht. Was soll er da machen? Für eine bezahlen, oder was? Davor ekelt's ihn, und außerdem gefallen ihm die neumodischen Frauen nicht. Kein Busen, keine Hüften, und er mag's, wenn er sich wo festhalten kann. Du wärst für mich genau die Richtige, Wanda, sagt er und drückt mich heftig an sich. Ich hab ihm gleich eine deutliche Antwort verpaßt, aber er küßt mir die Hand, daß es doch nur Spaß gewesen sei. Dabei hat er es ganz ernst gemeint.

Als ich ihn dann leibhaftig am Gartentor sah, bin ich deshalb vor Schreck gleich nach oben gerannt und hab getan, als sei ich nicht daheim. Aber er ist ums Haus herum und durch die Küchentür rein, er hat gewußt, daß Stefanek und ich den Schlüssel unter der Matte liegen haben. Er hat mich im Zimmer von Janka gefunden, so nenn ich die Schwiegertochter, denn Jane, das wär, als ob ich von einer Fremden red. Na ja, ich steh bei der Wand und schau ihn an wie den Briefträger, der eine schlimme Nachricht bringt. Kein Wort ist zwischen uns gefallen. Er ist auf mich zugegangen, hat angefangen, mir die Bluse aufzuknöpfen, aber vorsichtig, damit die Knopflöcher nicht ausreißen, weil das Material sehr dünn war. Meine Brüste hat er rausgeholt, und wie er mich berührt, sind mir die Brustwarzen gleich zusammengeschnurrt wie zwei Rosinen. Da hat mich die Kraft verlassen, und ich bin mit dem Rücken die Wand runtergerutscht. Und er gleich neben mich. Hat sich auf den Boden gehockt. Die Hände zwischen meine Schenkel, und die haben ihm wie von selber die Erlaubnis gegeben. Ich hab gespürt, wie sich seine Finger in mich einschleichen, und auf einmal hab ich das Verlangen gehabt, ihm so nah, so nah wie nur möglich zu sein, auch wenn mein Herz nicht für ihn geschlagen hat. Er hob mich hoch, als würd ich nicht mehr wiegen als mein Kleid, und hat mich zum Bett getragen. Seine Kleider hat er sich vom Leib geworfen, und dann hat er mich ausgezogen. Irgendwie hab ich mich überhaupt nicht geschämt, als ich ihn ganz nackt sah und er meinen nicht mehr jungen Körper anschaute. Er hat sich runtergebeugt, und der Blick aus seinen Augen war wie ein warmer Wind. Überall hat er mich geküßt, seinen Mund hat er wie Hände gebraucht. Und in mir ist eine Freude und Erwartung aufgestiegen, wie ich sie überhaupt nicht gekannt hab. Wenn man mich jetzt von ihm weggeholt hätte, dann wär ich wohl aus dem Fenster gesprungen. Ich hab meine Arme ausgestreckt, und sein Kopf ist genau zwischen meinen Brüsten gelandet. Für einen Moment hat er sich losgemacht, sich aufgerichtet, und ich hab meine Beine so breit gemacht, wie es nur ging; geschüttelt hat's mich, weil ich schon gar nicht mehr hab warten können. Und es war wie ein Wunder. Ich hab mich an den Mann geklammert, weil ich Angst hatte, daß er mich plötzlich verlassen könnt. Irgendwas hab ich zu ihm gesagt, ich weiß selber nicht mehr, was. Aber er hat alles gewußt und mich ganz fest in den Armen gehalten.

Nachher sind wir still dagelegen.

›Ist das immer so?‹ hab ich gefragt. ›Oder nur einmal im ganzen Leben?‹

›Immer.‹

›Dann war ich blind wie ein neugeborenes Kätzchen.‹

Er hat nach einer Zigarette gelangt, eine zweite hat er mir in den Mund gesteckt. Wir haben geraucht, und ich hab achtgeben müssen, daß ich meinen Körper nicht verlier, so unbekannt war er mir auf einmal. Ich muß es wohl alles von Anfang an wieder lernen. Wo ich meinen Busen hab, meinen Bauch, meine Beine. Nachher, als Kazik sich anzog, da hab ich auf seinem Rücken rote Striemen entdeckt.

›Was ist da passiert?‹ hab ich erschrocken gefragt.

›Ein Kätzchen hat mich zerkratzt‹, hat er gelacht.

Ich hab gedacht, daß die Kratzer vielleicht von meinen Fingernägeln sind.

›Wenn deine Frau das sieht ...‹

›Die sieht mich nur noch im Pyjama‹, hat er geantwortet, und damit war die Sache für ihn erledigt.

Und von da an ist er dann oft gekommen. Kaum daß die Kinder aus dem Haus sind, ist er schon da. Aber ich hab nicht auf ihn gewartet. Sobald die Gartentür wieder zu ist, da ist's, als wär er nie gewesen. Ich hab mit meinen Gedanken in meinen Erinnerungen gelebt, die schon seit so vielen Jahren ihr Zuhause in mir gefunden haben. Da ist mein einsames Leben ohne Mann, die Kinder, der Garten. Sogar Nachtviolen hab ich darin gesät, die Tante hat mir die Samen geschickt. Abends hat's geduftet wie bei uns im Dorf. Und wenn dann Kazik gekommen ist, hat mein Körper seinen Willen gekriegt. Ich hab mich nicht eingemischt, bin ihm einfach gefolgt. Ein bißchen ist mir's nur unangenehm gewesen wegen Halinas Schwester, daß es solche Türen in mir gibt, die ich vor ihr verschlossen halte.

Aber dann sind wir einmal zu zweit im Kino gewesen, wir fahren im Auto heim, sie fährt. Wanda, sagt sie, ich weiß, daß Kazik zu dir geht. Mir bleibt das Herz stehen, ich sag keinen Mucks, denn was kann ich da noch sagen. Sie hat ja alles gesagt. Und dabei lacht sie mich an. Ich bin dir sogar dankbar. Ich hab mir nie viel aus diesen Sachen gemacht, aber Kazik, der ist immer bereit, Tag und Nacht. Der hat sich und mich gequält. Bis jetzt hat er keine Frau gefunden, mit der er mich nicht verletzt hätte. Er ist ein anständiger Mann. Und dich lieb ich so wie ihn. Ich sag immer noch nichts, weil ich nicht weiß, ob sie so denkt oder ob das eine Falle ist. In der Nacht hab ich nicht schlafen können. Und als Kazik gekommen ist, da wiederhol ich ihm das Gespräch. Er lacht, ach, du goldiges Unschuldslamm, du hast ihr einen Stein vom Herzen genommen.

›Aber du komm jetzt nicht mehr‹, hab ich gesagt.

Er hat mich groß angeschaut.

›Jetzt, wo es sich geklärt hat?‹

›Für euch hat es sich geklärt, aber für mich überhaupt nicht. Ich kann das einfach nicht verstehen.‹

›Und ich was anderes nicht‹, hat er geschimpft. ›Zwei Kinder auf die Welt bringen und dann erst im Alter von über Fünfzig die richtigen Erfahrungen machen. Du hast ganz recht, blind bist du gewesen, als dich dein Mann verlassen hat.‹

›Eine Liebe ist's gewesen wie sonst nirgends auf der Welt.‹

›So eine Liebe ist keinen Cent wert.‹

›Ihr rechnet eben in Cents, wir in Gefühlen.‹

›Ja, und jetzt habt ihr euren Wohlstand.‹

Und so hat uns die Wut mit jedem Wort weiter auseinandergebracht. Ich bin nicht mehr zu ihnen, sie nicht zu uns. Stefanek hat wissen wollen, weshalb sich das plötzlich so abgekühlt hat. Vielleicht haben sie zu tun, sag ich, aber vorsichtshalber vermeid ich es, ihn anzuschauen.

Erst zu Heiligabend haben wir uns wieder getroffen, weil das schon Tradition ist, daß wir uns mit ihnen zusammen an einen Tisch setzen. Aber Kazik auf der einen Seite, ich auf der anderen, so weit voneinander wie möglich. Wir brechen also die Oblate. Er beugt sich vor, und ich einen Schritt zurück und red gleich irgendwas, weil ich ganz durcheinander bin. Kazik hat auch versucht, einen Scherz zu machen, aber der hat nicht fliegen wollen und ist ihm kläglich abgestürzt.«

*

Die Tränen liefen ihm über die Wangen, er konnte es nicht ändern. Er wollte schon nach einem Taschentuch greifen, brachte es aber nicht fertig. Er war wie gelähmt. Die Nerven lassen mich wohl im Stich, versuchte er sich selbst zu rechtfertigen. Ohne sich zu rühren, saß er da, verwundert über das, was mit ihm geschah. Es ist eine Sache, in betrunkenem Zustand loszuheulen, aber dazusitzen und bei klarem Verstand Tränen zu vergießen, das ist einfach lächerlich. Davor hatte er Angst: lächerlich zu sein.

Einst hatte ihn einer seiner sogenannten Freunde gefragt, was mit ihm los sei, daß er in letzter Zeit immer ins Schwarze treffe. Er hatte nicht verstanden, worum es dem Freund ging.

»Wieso denn nicht?« hatte der hilfsbereit erwidert. »Deine Frau hat jetzt schon die dritte Ausschabung gehabt, weißt du das nicht? Meine Alte hat ihr da jemanden vermittelt.«

Er war wie vom Donner gerührt gewesen. Seit einem Jahr hatten sie nicht mehr miteinander geschlafen. Marta hatte erklärt, sie empfinde Ekel davor, irgendwas mit den Hormonen sei durcheinander. Man müsse eben warten. Nachher hatte sie nicht einmal versucht, sich herauszureden.

»Was hättest du mir denn schon bieten können?« hatte sie ironisch gefragt. »Wer bist du überhaupt? Ein Typ, über den hinter seinem Rücken gelacht wird.«

Er hatte sie ins Gesicht geschlagen. Zum ersten Mal hatte er seine Hand gegen eine Frau erhoben.

»Damenboxer«, hatte sie gesagt, und zwar so voller Verachtung, daß er sich krümmte, als hätte sie ihn geschlagen.

*

»›Ein zweites Mal bieten sie es mir vielleicht nicht mehr an‹, sagt mein Sohn und schaut mir in die Augen. ›Das ist eine große Chance.‹

›Hier hast du eine feste Arbeit, aber was dort wird, ist völlig offen‹, sag ich.

›Das hier ist Provinz, dort eine große Stadt.‹

›Es ist nicht gut, wenn die Eltern ihren Kindern folgen. Ich bleib hier, ihr fahrt. Mit dem Flugzeug sind es nur zwei Stunden.‹

›Ich seh schon, wie du in dieses Flugzeug steigst, Mama.‹ Mein Sohn hat eine traurige Stimme, man hört, daß es ihm weh tut. Auch in meinem Herzen kommen solche Gefühle auf, aber ich kann nichts anderes sagen. Er weiß nicht, was ich bereits gelernt hab, nämlich, daß man einen alten Baum nicht umpflanzen darf.

Sie ist gekommen und schaut sich um. Ich wart, daß sie zuerst was sagt. Schließlich frag ich, ob sie sich nicht setzen will. Darauf sie, ob sie nicht das Zimmer von meinem Sohn sehen darf. Da führ ich sie dann nach oben, mach die Tür auf.

›Ein Schreibtisch wie für einen Buben‹, sagt sie verwundert. ›Und dabei ist Ihr Sohn doch ein berühmter Mann. In letzter Zeit wird viel über sein Buch gesprochen und geschrieben.‹

Wir sind dann runtergegangen. Ich hab ihr Kaffee angeboten. Sie hält mir Zigaretten hin. Ich hätt schon gern eine genommen, aber Stefanek könnte heimkommen und mich vor der Fremden blamieren. Da kennt er nichts, wenn es um mein Rauchen geht. Da verzicht ich lieber. Sie, tschach, das Feuerzeug an und inhaliert gleich tief. Ich bin ganz neidisch.

›Wie gefällt es Ihnen in Amerika?‹ fragt sie und drückt gleich den Knopf.

›Es gefällt mir‹, antwort ich, aber meine Stimme ist ganz fremd.

Das erste Interview in meinem Leben.

Dann eine Frage nach der anderen. Eigentlich weiß ich schon, was ich antworten soll, aber mir fehlen die Wörter. Zuerst fallen mir die polnischen ein, wie immer. Und diese Pausen. Die Frau drückt nur den Knopf, läßt das Band laufen, hält es wieder an. Sie lächelt, aber bestimmt denkt sie, daß Stefanek eine Analphabetin zur Mutter hat. Daß er jetzt nur nicht kommt, bete ich im Geist. Er würd sich gleich ärgern, daß ich mich aufrege. Er glaubt, das käme immer von jemand Fremdem. Dabei reicht, was in mir ist.

Und dann kommt er wirklich. Sie springt gleich auf. Richtet sich die Haare. Und daß es für eine Frauenzeitschrift ist. Mit der Mama. Das interessiert die Leser, wie die Großen leben. Und von wem sie die Kinder sind. Ob nicht auch er noch was sagen will. Und wieder mit der Hand in die Haare. Solche schönen, flauschigen. Sie sieht überhaupt richtig gut aus. Sogar einen Stich hat's mir gegeben, daß sie gleich dreimal soviel Busen hat wie unsere Janka. Stefanek wird sich da noch vergucken, denk ich. Aber woher. Gleich hat er das Fenster aufgemacht und gesagt: Bei uns wird nicht geraucht. Zum Glück hat er nicht auch noch gesagt, daß es wegen mir ist. Dann hätt sie erst recht gedacht, daß ich in allem nicht ganz vollwertig bin. Sie drückt sofort die Zigarette aus. Und, klick, wieder die Taste. Aber Stefanek nur, daß sie sofort ausschalten soll. Die amerikanischen Frauen kommen auch ohne ihn zurecht. Darauf sie:

›Sie ahnen nicht, was Popularität bedeutet, Herr Professor. Die öffnet einem viele Türen.‹ Stefanek hat nur mit den Schultern gezuckt und ist ohne ein Wort nach oben gegangen. Mir ist es unangenehm, ich weiß nicht, wohin ich schauen soll.

Aber die Journalistin beugt sich vor:

›Ich bin daran gewöhnt‹, sagt sie. ›Wenn man mich vor die Tür setzt, komm ich durchs Fenster wieder rein.‹

Nachher, beim Abendessen, sag ich dem Sohn: ›Was bist du denn so unfreundlich zu den Leuten.‹

›Was für Leute?‹ fragt er und lacht mich an. ›Du meinst doch wohl nicht diese Idiotin von vorhin.‹

So ist das, wenn ich mit ihm red.

Einmal kommen beide zu mir, Stefanek fängt an. Die Staaten sind ein so herrliches Land, aber du willst den Rest deines Lebens auf der Bank vor dem Haus sitzen, wie in der Dorfpfarrei.

Im Pfarrhaus oder hier, denk ich, was ist der Unterschied. Was Stefan nicht mit mir zusammen angeschaut hat, das gibt es einfach nicht. Aber die beiden bleiben dabei.

Wir fahren. Ich hab neben Stefanek sitzen wollen, aber er: Mama, du sitzt hinten, vorne, das ist der Todessitz. Mir ist, als würd mir eine fremde Hand den Rücken runterfahren. Gut, daß Janka nicht dabei war. Die will er nämlich da hinsetzen. Ich weiß schon selber nicht mehr. Wie sieht er sein Leben? Er liebt sie nicht, dabei würde sie ihm überallhin folgen. Immer nur: Stefan, Stefan. Das kalte Herz eines Gnadecki, soll es wenigstens auch für mich so sein. Ich bin daran gewöhnt.

Mich hat die Fahrt ganz müde gemacht, weil es drückend heiß war. Aber ich sag nichts, denn die beiden wissen schon gar nicht mehr, wie sie es mir auf diesem Weg recht machen können. Dabei will ich nur endlich in mein Bett. Aber ich sitz mit ihnen und hab sogar Wein getrunken. Mag es ruhig so was wie ein Feiertag sein. Stefanek ist fröhlich, er hat sich sportlich angezogen. Die Haare streicht er sich aus der Stirn. Ja, da sitzt Stefan neben mir. Wie wenn's Hexerei wär. Seine Hand, seine Stirn, die Haare.

›Einmal sind wir mit Vater zum Forellenfangen gefahren, es hieß, daß der Fluß voll davon ist. Wir schauen, das Wasser ist glitzeklar, man kann den Grund und die Steine sehen, aber keinen einzigen Fisch. Ich bin bis zu den Knien ins Wasser, und da sind sie dann gleich an meinen Beinen. Mit der Hand hab ich sie nehmen wollen, aber die sind gleich weggeflutscht. Gelacht haben wir! Vater hat sich auch die Hosen hochgekrempelt und ist auf die Fische los. Völlig naßgespritzt haben wir uns. Jesus, wie wir ausgesehen haben ...‹

Ich schau Janka an. Sie lacht mit mir. Aber Stefanek sieht kalt von der Seite zu. Bei ihm ist die ganze Laune weg.

›Hat dir Boston gefallen, Mama? Es ist gar nicht so weit, aber du warst noch nie hier.‹

›Es hat mir gefallen‹, sag ich, aber eigentlich weiß ich nicht so recht. Eine Stadt wie andere auch.

›Bist du zufrieden mit der Reise?‹

›Natürlich, eine Abwechslung ist immer gut. Die Füße hab ich in den Atlantik gesteckt, der warme Wind hat mir um die Nase geweht. Palmen hab ich gesehen, Bäume wie aus einer anderen Welt, als hätte man sie aus dem Paradies hierher verpflanzt.‹

Da ist so viel, das Leintuch, das Kopfkissen, wie es schöner keins gibt. Aber lang hat meine Freude nicht gedauert. Die Wände im Motel sind dünn, man kann alles hören. Und die jungen Leute sind im Zimmer nebenan.

Sie sagt was zu ihm. Hat Tränen in der Stimme. Ich hab schon irgendwohin gehen wollen, damit wir uns nicht stören, aber ich hab keine Kraft mehr, meine Beine aus dem Bett zu heben. Ganz fest hab ich mich ins Kissen geschmiegt und wart auf den Schlaf. Aber wenn man ihn braucht, dann kommt er nicht.

Jetzt redet Stefanek zu ihr. In der Finsternis der Welt will er sie alleine suchen. Meine Kinder lieben sich, denk ich, und es ist mir selber peinlich, daß ich da bin. Wo es doch so schön zwischen beiden ist. Vielleicht deshalb die Reise, damit sich mein Herz beruhigt. Ich müßt es doch wissen. Stefan hat mir seine Liebe immer gestanden, wenn wir im Bett waren. Offensichtlich kann es sein Sohn auch nicht anders. Meine Kinder sind eingeschlafen, und auch ich will jetzt schlafen. Es ist still, das ganze Stockwerk ist leer, nur wir allein. Und plötzlich fahr ich hoch: Mein Schnarchen! Wie oft kommt Stefanek aus seinem Zimmer, daß ich mich auf die Seite legen soll. Und hier? Sofort werden sie dann wissen, daß ich sie gehört hab. Ich sitz auf der Bettkante und wiege meinen Oberkörper, als würd ich den Rosenkranz beten. Und so bis in die frühen Morgenstunden. Schon hör ich, wie sich unten was tut, die Quälerei hat ein Ende, im Auto werd ich meinen Kopf hinlegen und die Augen schließen können. Ich werd ein Nickerchen halten.«

*

Michał kam gegen Abend vorbei, druckste herum, redete, es war ganz klar, daß er nur auf eine Einladung wartete, gemeinsam ein Fläschchen zu leeren.

»Nur ein Schlückchen«, sagte er, entschlossen, daß es dabei dann bliebe.

Aber sie machten weiter. Sie unterhielten sich gut. Schließlich ließen sie sich ja nicht bis zur Bewußtlosigkeit vollaufen. Sie hatten einen sitzen, aber sie deshalb gleich der Trunksucht zu beschuldigen, das war nur die Boshaftigkeit dieser mageren Hexe, dieser Schwiegertocher von ihm.

»Erinnerst du dich, Michał, an den Besuch von den Allerobersten in Breslau? Mit Pomp, Wochenschau und so weiter.«

»So ganz dunkel.«

»Verstehst du, Giełas ruft mich, sagt, daß es gut wäre, wenn Mutter die Schirmherrschaft über irgendwelche Bedürftigen übernehmen würde. Eine Klinik vielleicht, ein Kinderheim oder so was in der Art. Nach einigem Überlegen entschieden wir uns für geistig behinderte Kinder. Wo die sowieso da waren. Außerdem leiteten das Schwestern, die ganz intelligent waren. Und da sollte Mutter nun rein. Ich dachte, daß sie sich sträuben würde, aber woher, sie ist jeden Tag hingelaufen. Diese jämmerlichen Existenzen fingen bereits an, sie zu erkennen, und auch sie kannte sie schon bei ihren Namen. Und dann der Besuch. Sie gehen den Flur entlang, die aus Warschau, gleich neben Mutter, sie erklärt ihnen. Und daß sie unbedingt zu dem Rysio reinsehen müßten. In letzter Zeit hätte er Fortschritte gemacht. Die Oberschwester war wohl dagegen, aber Mutter wie ein Rammbock in dieses Zimmer. Sie macht die Tür auf, ihr Zögling sitzt auf dem Boden neben dem Nachttopf und rührt darin herum. Zuerst duckte er sich, als er all die fremden Menschen sah, aber dann hat er doch wirklich mit Scheiße auf sie geworfen. Wahnsinnig peinlich, verstehst du? Giełas hat mir nachher gesagt, daß er am liebsten im Boden versunken wäre, sich in Luft aufgelöst hätte. Die von der Wochenschau hörten auf zu filmen, alle ziehen sich zurück, aber unsere Mutter, als wäre sie selbst nicht ganz normal, faßt sie bei den Händen, verstellt ihnen den Weg. Daß sie warten sollen. Rysio habe sich aufgeregt, aber er könne auch ein Gedicht aufsagen ...«

Michał verzog sein Gesicht.

»Hat die Welt retten wollen, dabei konnte sie nicht mal sich selbst retten. Was hat sie nur nach Amerika gebracht? Von Brief zu Brief blieb weniger von ihr übrig. Zum Schluß ist sie wie eine Kerze ausgegangen.«

*

»Stefanek kommt in die Küche.

›Mach mal die Augen zu, Mama.‹

›Was hast du wieder vor?‹

›Du wirst gleich sehen. Jetzt.‹

›Aber wieso denn, soviel Geld!‹

›Hübsch?‹

›Hübsch, natürlich. Wird er denn passen?‹

›Probier mal.‹

›Reine Wolle, der hat bestimmt ein Vermögen gekostet. Und wann soll ich so einen Mantel denn anziehen?‹

›Auf der Flaniermeile, deine Freundinnen werden dich beneiden.‹

›Was hab ich denn hier für Freundinnen?‹

›Dann sollen dich eben die beneiden, die in Polen geblieben sind. Die Frau von Kommandant Peterek, zum Beispiel.‹

Immer wieder kehr ich in Gedanken zu unserer Reise zurück. Ein gutes Stück Wegs hab ich zurücklegen müssen, um Bäume zu sehen, die wie aus einer anderen Welt sind. Vielleicht ist das ein Zeichen, denk ich mir, vielleicht ist das der erste Schritt auf die andere Seite, wo alles anders aussieht als auf unserer Erde. Den Kindern hab ich nichts gesagt, weil die gleich über mich hergefallen wären, was ich mir da wieder ausgedacht hab. Aber ich bin ja nicht dumm. Ich hab hierher kommen müssen, um das erste Zeichen für den Weg zu bekommen.

Die Tante hat einen Brief geschickt, und ich hab ihn Stefanek zeigen müssen, denn er ist der Mann, und er muß entscheiden.

Liebste Wanda!
Vielleicht ist es Dir nicht recht, was ich schreibe, aber ich würde so gerne auf meine alten Tage meine Knochen bei Euch wärmen. Hier ist es schwer für eine alte Frau, die ganz allein lebt. Es gibt nichts zu kaufen und nichts, womit man es bezahlen könnte. Immer wenn ich vom Schlangestehen zurückkomme, hab ich schon überhaupt keine Lust mehr. Nur für mich allein das Gas anzumachen lohnt nicht. So lebe ich tage- und wochenlang ohne warmes Essen. Jetzt hab ich deshalb schon Schwierigkeiten mit dem Magen. Ich träume immer nur von Amerika, es tut richtig weh, morgens die Augen aufzumachen.

Vielleicht würde ich ja auch irgendwie allein zurechtkommen, wenn nicht dieses Schlüsselbein wäre. Es heilt nur schwer. Ich bin wie ein Krüppel, mit einem Arm. Und dieses Krankenhaus kann ich nicht vergessen. Der Notarztwagen hat mich geholt, mich zur Notaufnahme gebracht, in einem Wagen haben sie mich in die Ecke vom Flur gestellt und gesagt, ich soll warten. Es war zehn Uhr morgens, um sieben abends hab ich gewinselt wie ein Hund, weil ich sonst schon keinen Ton mehr rauskriegen konnte. Schließlich haben sie mich geröntgt, mir einen Gips gemacht und gesagt, ich kann nach Hause. Wie soll ich denn nach Hause? Für einen Krankenwagen muß man zehn Stunden warten. Da wollte ich mich schon selber heimschaffen, aber wie denn auch.

Liebste Wanda, ich bitte Dich, schlag mir das nicht aus und laß mich nicht die Hoffnung verlieren. Denn die hat mich während der Jahre, die wir uns nicht gesehen haben, am Leben gehalten. Ohne sie würde ich wahrscheinlich das harte Leben nicht verkraften.

Die Wohnung verkaufe ich, das bißchen Geld bringe ich Euch mit, damit ich Euch nicht mit allem auf der Tasche liege.

Ich küsse Dich und warte auf eine Antwort
Eure Euch liebende Tante Alina

Na, was hältst du davon? frag ich. Stefanek verdreht die Augen. Wie kann man so einen Brief schreiben. Sich Leuten einfach aufdrängen. Daß du ein paar Jahre bei ihr gewohnt hast, ist noch kein Grund.

›Ohne sie wärst weder du noch ich mehr unter den Lebenden. Auch wenn's mir nicht leicht ist, das bin ich der alten Frau schuldig.‹

Stefanek schaut mich an.

›Ich hab schon den Kopf in der Schlinge gehabt. Nacht war's im Pfarrhaus, und sie ist aufgewacht und auf den Dachboden. Sie hat mich runtergerissen, und beide haben wir auf dem Boden mein Leben gesucht. Ich hab damals nicht gewußt, daß ich zwei hab umbringen wollen.‹

Mein Sohn hat sich weggedreht, ein solches Gesicht hat er gemacht, daß es mich wie ein elektrischer Schlag durchzuckt hat.

Zum Abendessen ist er gekommen, wir sitzen zu dritt mit Janka. Meinen Augen weicht er aus. Ein paar Tage vergingen, da hab ich den Mut gefaßt zu fragen, was ich der Tante antworten soll. Daß sie kommen soll. Auch so hast du ja schon Fremde ins Haus gelassen, hat er auf polnisch gesagt, damit es Janka nicht versteht.

Sie haben mir nichts sagen wollen, nur, daß ich mit ihnen fahren soll. Da sind wir also ins Auto und los. Vor einer wunderschönen Einfriedung halten wir an. Ein Besuch, denk ich, und auch, daß ich nicht richtig angezogen bin. Wie kann ich mich so den Leuten zeigen? Ich bleib wohl lieber im Auto. Aber sie lachen, daß es überhaupt kein Besuch ist. Außer uns wird niemand im Haus sein. Wir gehen. Das

Haus taucht auf, wunderschön, die Veranda im ersten Stock wird von Säulen getragen. Die Treppe in einem Halbrund.

›In so was Ähnlichem haben Vater und ich bei den Deutschen gewohnt. Nur war es nicht weiß gestrichen, sondern gelb. Und wer wohnt hier?‹

›Wenn du willst, wir‹, sagt mein Sohn.

Beide schauen sie mich an. Ich weiß, auf welche Antwort sie warten. Ich bin auch fast schon einverstanden gewesen, für mich ist's ja nicht mehr so wichtig, aber in mir hat sich eine dumpfe Stimme gemeldet, daß ich mir so einfach meine Lieblingsecke wegnehmen laß. Das einzige, was ich hab.

›Es ist nicht gut, wenn die Jungen mit den Alten zusammen wohnen‹, sag ich und schau weg. ›Es ist schon Zeit, daß wir uns trennen. Ist doch in derselben Stadt.‹

Darauf mein Sohn:

›Wenn dich jemand anderes gebeten hätte, würde deine Antwort anders lauten.‹

Was wir mit der Tante Alina alles haben! Sobald man sie nur aus den Augen läßt, ist sie schon zur Tür raus und spaziert durch die Läden. Dabei kann sie die Sprache gar nicht und auch nicht nach dem Rückweg fragen. Ein paarmal hat die Polizei sie heimgebracht, weil sie immerhin so gescheit war, denen in ihrem Notizbuch unsere Adresse zu zeigen. Aber es kann passieren, daß sie auch das vergißt. So richtig alt ist sie eigentlich nicht, aber ihr Kopf verdüstert sich immer mehr. Nur manchmal ist sie wieder wie früher. Dann reden wir miteinander, lachen über das ganze Elend von damals, das wir gerecht zwischen uns geteilt haben. Aber solche Momente sind immer seltener. Immer mehr ist sie wie ein Kind. Ich schau nur, wann sie wieder einen Schmollmund zieht. Fragen tut sie so viel auf einmal, daß man Tag und Nacht würd brauchen, ihr zu antworten. Stefanek flüchtet wie eine Maus vor der Katze, sobald er nur ihre Stimme hört. Mein Sohn ... ich kann nicht vergessen, was er gesagt hat, soviel Bitterkeit war darin. Und jetzt noch diese Tante. Es ist eng geworden, die Wände sind dünn, man hört jeden Laut.

Einmal hab ich geklopft, dreht sich mein Sohn an diesem kleinen Schreibtisch um. Wie hat die Journalistin doch gesagt: Wie für einen jungen Buben.

›Geht's dir nicht gut, Mama?‹ fragt er und ist sofort bereit, mit mir wohin zu fahren.

›Ich bin einfach so gekommen‹, antwort ich und lächle ihm zu.

›Dann setz dich mal hin.‹

›Weißt du, vielleicht hast du ja recht gehabt. Ist das Haus da noch zu kaufen? Wir sollten von hier fort, es ist eng. Jetzt, wo Tante Alina ...‹

Seine Augen schauen mich liebevoll an.

›Da hat sich dein Herz an mich erinnert. Aber wir bleiben hier.‹

Noch kein Jahr hat sie bei uns gewohnt, da überkam es sie, und sie hat zurückfahren wollen. Hier gibt's niemanden, mit dem ich reden kann, und ihr versteckt euch vor mir. Was soll ich da in dem Amerika? Daß ich mir die Knochen in rosafarbenem Schaum wasche? Das kann ich auch mit Seife auf Karten. Dort steh ich wenigstens in der Schlange und kann mit den Leuten reden. Das tun wir dort immer. Wie ein Bruder mit der Schwester oder ein Mann mit seiner Frau. Da ist keiner fremd. Auf der Straße oder an der Haltestelle, jeder spricht mit einem. Gebt mir mein Geld zurück, ich kauf mir wieder eine Wohnung. Von dem, was sie gebracht hat, ist nicht mal die Hälfte geblieben, weil sie aus den Geschäften angeschleppt hat, was ihr gerade gefiel, ihr

Zimmer hat ausgesehen wie ein Elsternest. Stefanek verlor kein Wort darüber, die ganze Summe will er zurückgeben. Dabei haben wir selber nicht so viel, ich arbeite nicht, und Janka studiert noch, da ist nur sein Gehalt. Vierzigtausend Dollar im Jahr. Bei drei Personen sind das keine Reichtümer. Aber sie dann einfach so gehen lassen, eine alte Frau, auf so eine Reise, alles hat sie aufgegeben, da gibt's nichts mehr, wohin sie zurückkann. Da bitt ich, daß Stefanek ihr irgendwie zuredet, denn auf mich will sie nicht hören. Da sagt Stefanek zu ihr: Und was ist, wenn du dein zweites Schlüsselbein brichst?

Es war nichts zu machen. Wir haben die Koffer gepackt und sie an den Flughafen gebracht. Ich seh schon, wie meinem Sohn bei dieser Abreise die Augen lachen, aber ich bin traurig. Sie war doch Zeugin, als ich mit Stefan in der kleinen Kirche geheiratet hab. Und irgendwie war ich bei ihr auch ihm gleich viel näher.«

*

Seine Hand zitterte, als er von dem Briefträger das Telegramm entgegennahm.

Bringe Mutter mit dem Flugzeug, Samstag, zehn Uhr Eurer Zeit.

Stefan Gnadecki

Er konnte seinen Blick nicht von der Unterschrift lösen. Wie kam die da unter den Text? Erst dann wurde ihm bewußt, daß dieser Stefan Gnadecki nicht er war, sondern sein Sohn.

*

»Janka ist zu ihren Eltern auf Besuch gefahren, und ich bin mit Stefanek allein. Wie früher sitzen wir wieder in der Küche. Einmal schau ich, da seh ich, daß mein Sohn an den

Schläfen grau ist. Wie bei Stefan fängt es früh an. Auch arbeitet er, ohne Maß zu halten. Manchmal sieht man ihn eine Woche lang nicht zu Hause. Schon dich, Sohn, sag ich, du hast nur eine Gesundheit.

›So ist es mit allem im Leben‹, antwortet er. ›Nur eine Mutter...‹

Und weiter sagt er nichts.

›Na, weiter, weiter‹, lach ich.

›Weiter weiß ich nicht.‹

Wir schauen uns an.

›Kind‹, sag ich, ›schau du lieber mehr nach deiner Frau als nach mir. Sie ist bereit, dir mehr zu geben. Da hat sich wirklich eine gefunden. Amerikanerin, aber ein Herz hat sie, als wär sie aus Polen. Nur wundern kann ich mich manchmal, daß sie unsere Sprache nicht versteht.‹

›Dann gäb's überhaupt nichts mehr, wo ich mich verstekken könnte.‹

Ich schau durchs Fenster, wen uns Stefanek da bringt. Sofort zieh ich die Schürze aus, die Haare unters Kopftuch, weil sie nicht gewaschen sind. Sie kommen rein. Der Gast lacht mir zu, als würd er wissen, wer ich bin. Und auf polnisch: Guten Tag, lange nicht gesehen. Aber für mich ist er fremd.

Na klar, schon vergessen, wie wir den Chef gerettet haben. Fast wäre er in Strümpfen die Hauptstraße entlanggelaufen. Also wirklich. Pan Sławek. Malinowski Sławomir, Frau Wojewodin, zu Diensten. Was machen Sie denn hier, frag ich, fern der Heimat? Das gleiche wie Sie. Zur Tochter bin ich gekommen. Das erste Mal, wo ich auf die Straße geh, seh ich den Chef, irgendwie jünger, in eine Limousine steigt er. Da bin ich gleich hingelaufen. Pan Gnadecki Stefan? Und krieg 'ne Bestätigung. Na und hat sich geklärt, daß es der Sohn ist. So ein Zufall auch. Wie klein doch die Welt ist!

Nehmen Sie doch Platz, Panie Sławku, gleich mach ich was zu essen. Hab schon gegessen, meine Tochter stopft mich mit Bananen voll wie einen Affen. Und was macht die Tochter hier? Hat sie geheiratet? Sie ist allein, sie putzt für Leute und ist zufrieden. Magister in Chemie. Ich könnt das nicht ertragen, aber sie sagt, daß sie wenigstens ein freier Mensch ist. Ihr Bier, ihr Leben. Ich möcht lieber über Sie was hören, sagt er. Was gibt es bei mir schon, ich sitz bei meinem Sohn, antwort ich. Eher umgekehrt, ich bei Mama, lacht Stefanek. Er ist so höflich zu unserem Gast. Das geht mir richtig ans Herz. Gewöhnlich behandelt er die Leute schlecht, gleich bringt er jeden gegen sich auf. Von ihm heißt's, daß er ungezogen ist. Ein Flegel. Eine Frau hat mir das ins Gesicht gesagt, und ich hab nur die Augen niedergeschlagen. Aber jetzt – sanft wie ein Lamm. Sitzt mit uns, denkt gar nicht daran, nach oben zu gehen. Hat mir sogar erlaubt, ein Gläschen Wodka zu trinken, nur die Zigarette hat er mir nicht erlaubt. Da hat auch Pan Sławek nicht geraucht, weil der ein rücksichtsvoller Mensch ist. So war er, und wie man sieht, ist er's geblieben. Wir reden über dies und das. Die Schwiegermutter von Frau Wojewodin, das war so eine, so was findet man so schnell nicht wieder. Und zu Stefanek: Hat Ihrer Mutter das Leben vergällt, dabei ist Pani Wanda doch ein Mensch, der keiner Fliege was zuleide tut. Ach, sag ich da, die hat sich doch selber am meisten geschadet. Möge sie in Frieden ruhen. Dann ist sie tot? Ja, gut zehn Jahre ist es her. Jung ist sie gestorben, wundert sich Pan Sławek. Aber gut hat sie ausgesehen, in diesem Fuchs. Aber davon mal abgesehen, den Tanz, den sie da im Wald aufgeführt hat, das kann man nicht vergessen. Fast hätt's einen Unfall gegeben, und ich hab doch solche Personen gefahren! Die von der Sicherheit hätten mich da gleich eingelocht, nicht mal gefragt hätten die.

Ich mag mich nicht anschauen, wahrscheinlich, weil es mich wütend macht zu sehen, wieviel Leiden in mir ist. Eine andere, die wär schon längst unter Menschen gegangen, aber ich leb nur in meinen Gedanken. Und das Leben vergeht...

Die Schwarze, die zu uns zum Putzen kommt, ist krank geworden. Da meint Stefanek, daß wir vielleicht diese Tochter von Pan Sławomir einstellen können. Darauf ich, daß es doch nicht geht, wenn die Frau Magister mit Lappen und Bürste durchs Haus rennt. Die kann man zum Kaffee einladen, aber nicht ihr so eine Arbeit anbieten. Er nur, dann wird es eben schmutzig sein, und wenn ich nur einen Finger rühr, dann werd ich das bereuen. Gleich wird er die Chemikerin anrufen. Er seins, ich meins. Das Haus muß doch in Ordnung gehalten werden. Also hab ich mir ein Kopftuch umgebunden und den Staubsauger genommen. Und auf einmal bin ich viel fröhlicher geworden. Gleich war's, als würd ich in der ersten Wohnung putzen, wo ich mit Stefan war. Ich lauf rum und sing vor mich hin. Mach eine Pause, die Beine auf den Sessel, eine Zigarette in den Mund. Ich rauch, und mein Herz schlägt, als wär's wieder jünger. Dann hab ich mich an den Spiegel gemacht. Und plötzlich schaut mich mein Gesicht an, so ganz verändert. Vor lauter Staunen hab ich das Kopftuch abgenommen, und statt der blonden Haare seh ich lauter graue an der Seite. Matt und brüchig wie Stroh. Da bin ich also auch schon meinen Männern gleich geworden.

Ich seh, daß zwischen den jungen Leuten was passiert ist. Stefanek spricht noch weniger als normal, Janka, kaum daß sie sich wegdreht, hat sie gleich die Hand im Gesicht und wischt sich die Tränen ab. Ich hab entschieden, mich nicht einzumischen, hab's selber erlebt, wie das ist, wenn sich ein Dritter dazwischenstellt.

Traurig ist's jetzt in unserem Haus, jeder geht seinen

eigenen Weg, und es sieht nicht so aus, als wenn die bald zusammentreffen würden. Heimlich rauch ich meine Zigaretten und wart, bis die dunkle Wolke sich verzieht. Aber dazu reicht schon kein Wind mehr, da braucht's einen Hurrikan. Na ja, und der ist dann gekommen.

Stefanek ins Auto, zur Arbeit. Janka kommt so gegen zehn nach unten. Ich stell ihr Kaffee hin und Toast, aber sie legt ihren Kopf neben den Teller und ist in Tränen aufgelöst. Ich stör sie nicht, soll sich das in ihr mal auskochen. Sagt sie was, hör ich sie an, sagt sie nichts, werd ich nicht fragen. Schließlich hebt sie den Kopf und sagt: Zuerst hat er mich nicht gewollt, und jetzt will er unser Kind nicht. Und schon hab ich gewußt, daß mich ein Gespräch mit meinem Sohn erwartet.

Zu zweit sitzen wir in der Küche am Tisch und schauen uns an. Unsere Augen sagen nichts Gutes.

›Wer bist du eigentlich?‹ frag ich.

›Ein kleiner Pole ...‹, antwortet er mit seinem typischen Lächeln.

›Das ist jetzt kein Spaß.‹

›Wer macht hier denn Spaß? Du hast mir selbst beigebracht: Wie ist dein Zeichen, weißer Adler. Richtig?‹

Ich nick nur.

›Versteh doch, Mama, daß ich dazu nicht tauge. So jemand wie ich soll keine Familie gründen. Für mich zählt nur die Arbeit. Die Frau ist ein riesiger Fehler. Und erst ein Kind!‹

›Und was, wenn ich genauso gedacht hätt?‹

›Hätte ich auch nichts dagegen.‹

Wahrscheinlich hat er gemerkt, wie sich, als er das sagt, mein Gesicht verändert hat, denn gleich fängt er noch mal anders an.

›So ein kleines Kind im Haus, das ist doch wie die Französische Revolution und der Völkerfrühling auf einmal. Und du, Mama, mittendrin. Der Professor hat doch gesagt, daß du einen Sprengsatz in der Tasche trägst.‹

›Den du in der Hand hältst...‹

Es ist, als wär ein kleines Licht in mir angegangen, ganz schwach nur brennt es, flackernd, aber ich spür seine Wärme. Ein Enkel, von mir und Stefan, denk ich. Zweimal schon bin ich Großmutter geworden, aber jetzt erst wühlt mich das richtig auf. Als würd mich das neue Leben mit Stefan verbinden. Nicht durch meine Kinder, sondern durch den Enkel oder die Enkelin – was immer da geboren wird, ich werd es gleich liebhaben. Und zum ersten Mal macht mir der Gedanke im Land der Palmen richtig Angst, daß ich vielleicht nicht durchhalten werde. Daß mein Lebensfaden vielleicht nicht reicht, mich noch an dem Kind zu freuen.

Was herrscht in einem Menschen doch für eine Finsternis, denk ich, wie wenig weiß man über sich. Da hab ich nichts mehr für mich erwartet, und plötzlich diese Hoffnung. Und fast fühl ich mich, als wär ich neunzehn Jahre alt, als würd ich auf der Straße gehen und die Wolke über mir fragen: Wie wird mein Leben sein? Das Kind, es wird mir wiedergeben, was man mir genommen hat. Jeden Tag werd ich jetzt von Herzen lieben. Daß nur alles gutgeht. Mager ist sie, meine amerikanische Schwiegertochter, Hüften wie ein Junge, ob die das Kind in die Welt drücken können?

Es ist ganz erstaunlich, was ich jetzt mach, als wär ich von meinem Weg runter und würd Gras unter meinen Füßen spüren. Nur noch die Schuhe ausziehen... Stefanek schaut mich immer gleich prüfend an. Und dann holt er den Blutdruckmesser raus, hört nicht, was ich ihm sag, krempelt nur meinen Ärmel hoch. Vielleicht legst du dich einfach ein bißchen hin, Mama, nimmst dir ein Buch. Ach wo, ich will doch jetzt nicht liegen, sag ich, dein Apparat sagt das eine, aber in mir sagt's was anderes. Nie hab ich mich so stark gefühlt. Er holt dann gleich Janka. Und die nimmt mich in den Arm und führt mich ins Zimmer, legt mir die Füße aufs Bett. Sie kuschelt sich neben mich hin. Wir liegen nebeneinander, wie ich das früher mit meiner Schwester Gabrynia gemacht hab. Damals haben wir uns dann immer ausgemalt, was uns im Leben erwarten wird. Die Schwester war acht Jahre älter und neugieriger auf die Welt, wo es mir nur darum ging, ob Zdzicho Mach auch zur alten Weide kommt. Darin haben wir uns versteckt, weil ein Blitz den Baum innen ganz ausgebrannt hat, nur der Stumpf war geblieben. Alle haben gedacht, daß im Frühling nichts mehr kommt. Aber woher, an der Seite sind kleine Triebe ausgeschlagen, voll mit Weidenkätzchen, weich wie Flaum. Und wir sitzen da in dem Baum, Zdzicho fährt mit seiner Hand über meine flache Brust, da war noch nichts, nicht mal ein Ansatz davon. Er sagt: Denk daran, Wanda, das wächst da mal für mich. Und ich nick. Noch keine acht war ich und dabei so ernst, als würd ich's vor dem Pfarrer schwören. Ich weiß noch nicht, daß ich werd leben müssen wie diese Weide.

Ich schau jetzt meine Schwiegertochter an, ihre schmalen, hübschen Augen, und so gern würd ich die gleichen für das Kind bestellen, das in ihr nach seinem Schicksal sucht. Wenn sie lächelt, dann glitzern diese Saphire in den Pupillen wie Steinchen in einem Ring.

›Und ich bin die Tochter von Mond und Abendfeuchte.‹

Ich schau sie an.

›Mama und Papa hatten sich entschlossen, daß es mich nicht geben soll. Na ja, weil die andern Kinder schon groß waren, und nun fing es plötzlich wieder von vorne an. Am Abend ist Mama rausgegangen, um das Tor zu schließen, sie ist stehengeblieben und hat in den Mond geschaut. Und dann mit der Hand übers Gesicht, ganz feucht, wie wenn's regnet. Sie hat sich gewundert. Da will sie zurück ins Haus. Jemand ruft sie. Sie schaut sich um. Niemand. Am Schluß hat sie verstanden, daß ich das war.‹

Wir schweigen beide, sind irgendwie ergriffen.

›Was war Stefans Vater für einer?‹

›Ich zeig dir Bilder.‹

Wir breiten das Album aus, sie ist auf alles neugierig. Ich muß ihr erzählen, erklären. Das ist meine Schwester Gabrynia, die einen Soldaten geheiratet hat. Hat sieben Kinder um sich. Und das ist Walerka, noch in der Schule, mit Zöpfen. Schau, was die für Haare gehabt hat. Drei Jahre vor Gabrynia ist sie geboren. Die Welt hat ihr keine Freude gebracht, ist Nonne geworden.

Janka schaut ungläubig: ›Aber sie ist doch hübsch.‹

›Glaubst du, daß nur, wer häßlich ist, zu Gott will?‹

›Nein, aber schon eher. Und Stefans Vater?‹

›Gleich, gleich. Ich zeig dir noch meinen Bruder. Eine Mine hat ihn zerfetzt, da war er noch keine elf. Zu Hause waren sie ganz verzweifelt, weil er der einzige Junge in der Familie gewesen ist. Vater hat nur seinen Kopf in die Hände gelegt, und als man sie ihm mit Gewalt weggezogen hat, weil er stundenlang so gesessen ist, da kamen lauter graue Haare darunter hervor.‹

Sie schaut mich an und glaubt es nicht. Aber das ist wahr, mit eigenen Augen hab ich's gesehen. So war's mit unserer Familie, einer war unglücklicher als der andere. Gabrynia ist doch auch unzufrieden mit ihrem Leben, schimpft auf den Mann, die Kinder. Quält sich mit ihren Venen, ich schick ihr so besondere Strümpfe, und immer noch kann sie kaum gehen.

Und dann endlich Stefan. Janka prustet los. Ich weiß nicht, warum.

›Der Schnurrbart‹, stößt sie schließlich hervor. ›Wenn man unserem Stefan den ankleben würde, da säh er aus!‹

›So war es damals halt Mode‹, sag ich und bin irgendwie verletzt. Das hat sie wohl gemerkt, denn gleich hört sie auf zu lachen und umarmt mich.

›Ich bin dumm, ich find alles komisch. Aber ich fühl mich so gut mit euch. Ich hab euch drei so lieb.‹

Also da hab ich mich erschreckt. Mit der Hand halt ich ihr den Mund zu. ›Zähl nie, was es noch nicht gibt!‹

›Aber wer tritt mich denn so, daß mir der Bauch aus den Nähten platzt?‹

Nachts hab ich nicht schlafen können wegen dem, was sie da gesagt hat. Ich bin aufgestanden und auf eine Zigarette ins Badezimmer. Da gibt's ein kleines Fenster, und man kann lüften. Der Rauch soll mich beruhigen. Was ist los mit mir? Machen die Nerven nicht mehr mit, oder bin ich zu alt für solche Aufregungen? Als müßt ich das Kind zur Welt bringen und nicht Janka. Wenn's nur so wär, kommt mir plötzlich der Gedanke, ich käm besser damit zurecht als sie, selbst jetzt noch. Arme Janka! Sie hat überhaupt nicht zugenommen, nur der Bauch sitzt wie angeklebt an ihrem mageren Leib. Ich sag, daß sie vielleicht früher in die Klinik gehen soll. Darauf beide, daß alles in Ordnung ist. Für sie ist alles in Ordnung, weil sie noch jung sind, aber mich kann man nicht so leicht täuschen.

Einen Brief an ihre Mutter hab ich geschrieben, ob sie nicht kommen kann. Niemand weiß besser als sie, das eigene Kind zu schützen. Mit der Antwort hat es lange gedauert, dann endlich, daß sie ja gern käme, aber die Gesundheit es nicht zuläßt. So eine weite Reise. Und wieder bin ich allein mit meiner Angst.

An einem Tag bin ich dann ins Auto gestiegen und in die Stadt gefahren, bei der Kirche hab ich geparkt. Mit dem

Herrgott hab ich Rat halten wollen, und da hat man's zu Ihm wohl am nächsten.

Ich geh rein, ganz eigenartig klingen meine Schritte. Alles leer. Eine Kälte weht, daß die Angst in mir noch größer wird. Aber eigentlich hab ich mich in der Kirche immer gefürchtet. Vielleicht bin ich deshalb so selten dort gewesen. Zuletzt damals bei Białystok, weil die Tante achtgegeben hat, daß ich regelmäßig zur Messe bin. Auch bei meiner Hochzeit war mir ängstlich zumute, erst nachher hab ich mich wieder richtig freuen können. Kein Wort will mir dann für dieses Gespräch einfallen, da bin ich wieder aus der Kirche raus. Ich hab mich in den Park unter einen Baum gesetzt, bei meiner Krankheit, da such ich den Schatten. Nicht mehr wie früher, wo ich mich wie eine Blume nach der Sonne gedreht hab. Auf der Bank dann konnt ich meine Gedanken wieder ordnen und hab gewußt, warum ich hier bin: wegen meiner Schwiegertochter.

Stefanek ist schon zwei Wochen aus dem Haus, Janka und ich sind allein, und ich bin voller Angst. Ich fürcht mich richtig, daß ich mich durch meine Augen verrate und mein kleines Mädchen noch traurig mache. Vielleicht hab ich ja auch nicht recht, vielleicht kommen mir all die Gedanken nur, weil mein Leben so krumm gedrechselt ist. Selbst im größten Glück hab ich doch immer ein ganz verkrampftes Herz gehabt. Am liebsten würd ich irgendwohin fahren, aber ich kann doch jetzt nicht fort. Sogar nachts schleich ich vor ihre Tür und horche. Erst der Morgen bringt dann wieder Ruhe. Wenn sie die Treppe runterkommt und nach Essen ruft. Wenn nur Stefanek schon wieder hier wär. Zu zweit ist es leichter, auf sie achtzugeben, als wenn ich allein bin. Vorgestern hab ich ihr die Haare gewaschen, da hat sich ihr magerer Hals mir vors Gesicht gestreckt, das zu sehen, hat richtig weh getan. Mir ist schwarz geworden vor den Augen, auf den Boden hab ich mich setzen müssen. Sie kam gleich zu mir, und dann hat sie mich im Auto zum Professor gefahren. Was hätt ich sagen sollen, daß der Grund nicht in mir, sondern in ihr liegt? Soll's halt wie meine Krankheit aussehen.

Stefanek ist zurück, da haben Janka und er gleich zusammen geflüstert, und ich seh, daß es ein Gespräch geben wird. Beide auf einer Seite vom Tisch, ich auf der anderen. Was machst du nur für Sachen, Mama, fängt mein Sohn an, willst du das Unglück auf dich ziehen? Wenn's nur zu mir kommt, denk ich, und ich schäm mich vor den Kindern, daß ich schon so unbrauchbar bin wie ein altes Faß mit lauter Rissen, durch die man fast die Finger stecken kann. Ich sag was, aber in Stefaneks Augen zu schauen, hab ich keinen Mut. Und plötzlich hör ich ihn auf polnisch sagen:

›Wegen dem Bengel kriegst du noch zuviel. Der war jetzt wirklich nötig.‹

Nötig, sagt mein Herz, so nötig wie sonst kaum jemand auf der Welt. Aber meine Lippen schweigen, mein Mund kann das nicht aussprechen, denn verstehen tun sie's doch nicht.

In meiner Not hab ich wieder den Weg zu Halinas Verwandten gefunden. Kazik hat mir aufgemacht, er war allein, seine Frau war für ein paar Tage weg. Am Anfang hat er mit mir geredet, als hätt ich mich in der Tür geirrt, aber dann ist er weicher geworden. Hat mir eine Zigarette gegeben, sich näher zu mir gesetzt. Erst hab ich das Gefühl gehabt, daß er die Situation ausnützen will, aber dann hab ich mich selber an ihn geschmiegt. Es gibt nichts Besseres als die Wärme eines anderen Menschen. Von seiner Sicht als Mann hat er mir dann alles erklärt: Eine junge Frau, was kann da passieren. Wenn sie selbst nicht gebären kann, dann hilft man ihr. Jetzt gibt es solche Apparaturen. Solche Ärzte.

›Denk vor allem an dich, denn du bist schon zwanzig Jährchen älter.‹

›Wenn's nur zwanzig wären.‹

›Du wirst doch kein bißchen älter, Wanda. Ein Körper wie 'ne Nuß.‹

Er schaut mir direkt in die Augen und legt seine Hand auf meine Brust. Ich sag nichts, hab keine Kraft zu schimpfen und keine, allein zu bleiben. Da lehn ich meine Stirn an seine Schulter. Und schon sind wir wieder auf dem Boden. Seine Hand fährt suchend wie ein warmes Wesen über mich. Ich wart. Ich wart auf mich selber. Aber da sagt er auf einmal:

›Wanda, hast du noch deine Periode?‹

Das hat mich vom Boden hochgerissen. Ich zieh mir die Kleider an. Auch Kazik schnallt sich den Gürtel zu.

›Man darf doch wohl fragen. Es fällt dir schon kein Stein aus der Krone.‹

Ich lang nach dem Mantel, aber er nimmt ihn mir aus der Hand.

›Wanda, jede Nacht teile ich mit dir wie das letzte Stück Brot.‹

Er steht vor mir, die allerklarsten Tränen in den Augen. Mir gibt's einen Stich ins Herz. Er umarmt mich, führt mich ins Schlafzimmer. Dort versteckt er das Nachthemd seiner Frau vor mir.

›Laß gut sein‹, sag ich.

Aber in einem Menschen gibt's immer was Neues. Ich hab schon nicht mehr an Männer gedacht. Sogar Stefan ist für mich schon jemand anderes. Ob ich noch nackt vor ihm stehen könnt...

Dieser Kazik! Sein Mund sucht meine Brustwarzen, so süß ist's in mir, längst Vergessenes erwacht: Wie saugt ein Kind, wie ein Mann... Meine Tränen tropfen auf seine

Schläfen, versickern in den Haaren. Ja. Ja. Komm. Auf niemanden hab ich so gewartet. Zu spät, alles zu spät. Ich hab kein Recht, glücklich zu sein, der Sprengsatz wird explodieren. Soll er doch explodieren, solange das alles passiert. So viele Jahre, so viele sind vergeudet ... wenn nur er es wär, den ich lieben könnte ... wenn ich nur mein Herz auswechseln könnte, damit es für den hier schlägt und nicht für den anderen ... Nichts ist, wie es sein soll ...

›Ist es schön, Wanda?‹ flüstert er.

Ich bin so dankbar, wozu reden. Mein Körper sagt alles.

Als ich von Kazik zurück bin, ist es wieder ruhig in mir, bin ich wieder mehr Mensch und weniger tot, und da ist auch alles um mich normal geworden. Nachts hab ich gut geschlafen, aber nach ein paar Tagen ist's wieder dasselbe gewesen.

Meine Beine sind geschwollen, sagt sie, jedenfalls hab ich was mit den Waden. Mir wird gleich schwarz vor den Augen, ich hab mich nach einem Stuhl umgesehen. Aber sie lacht nur. Schließlich hab ich wieder meine Fassung gewonnen. Fahren wir in die Klinik, sag ich. Warum? Noch ein ganzer Monat. Darum. Ich schau sie an, daß ihr das Lachen vergeht. Sie weiß nicht, ob sie mir gehorchen soll oder nicht. Vielleicht warten wir auf Stefan. Hier wird nicht mehr gewartet! Zum ersten Mal bin ich laut zu ihr, also hat sie die Ohren angelegt. Im Auto, wir fahren. Ich sitz am Steuer. Sie nur, daß Stefan uns für hysterisch halten wird, er mag solche Weiberlaunen nicht. Du, acht mal nicht auf ihn, sondern auf dich, höchste Zeit. Du siehst alles gleich schlimmer, als es ist, Mama. Meinetwegen.

Man hat sie gleich dabehalten. Und zu mir: Gehen Sie bitte nach Hause, sie bleibt hier. Ich wart, sag ich, wenn's sein muß, die ganze Nacht. Stefanek hat mich zusammengerollt in einer Ecke gefunden. Er will mich nach Hause schikken, aber ich schüttle nur den Kopf. Ich bleib hier. Das bringt nichts. Sie ist hier gut aufgehoben, aber du, Mama, schadest dir nur. Um mich mach dir mal keine Sorgen. Du solltest nach Haus gehn, mein Sohn, du arbeitest schwer. Wie soll ich arbeiten können? Seid ihr beide mit dem Kind verrückt geworden? Es kommen so viele auf die Welt, eines mehr, eines weniger... An sich selbst muß man denken. Das ist Pflicht. Wen hab ich da nur in die Welt gesetzt? Ein Herz aus Stein hast du, oder was? Nein, aber ich kann denken, das ist alles. Dein Denken ist völlig verquer. Kommt das von mir? Nur geht es anscheinend in die andere Richtung. Da hat er sich neben mich gesetzt, nimmt meine Hand. Was ganz Neues, du hast gelernt zu schimpfen, sagt er. Und wozu das Ganze? Läuft es nicht auf das gleiche hinaus, wo du dich aufregst? Hier oder zu Hause? Darauf ich: Nur einmal im Leben sprich nicht für mich und laß mich selbst entscheiden. Geh zu deinen Pflichten. Er schüttelt nur den Kopf, läßt meine Hand nicht aus der seinen. Aber mich packt ein solcher Schmerz, weil er doch eher dort bei ihr sein und die Wärme, die er für mich hat, ihr geben soll. Vielleicht gehst du zu deiner Frau rein, daß sie wenigstens sieht, daß du da bist. Sie braucht Ruhe. Ihre Ruhe ist bei dir geblieben. Er steht auf. Du schickst mich, Mama, also geh ich, aber eigentlich weiß ich es besser. Du weißt wenig, mein Sohn, oder willst es nicht wissen. Wenn's doch nur das erstere wär. Er legt mir seinen Finger auf die Lippen. Sei still, weil ich sonst auch für dich hier ein Bett suchen muß. Geh schon, geh.«

*

Die Scheidung von Marta. Damals dann auch das Problem der Wohnung. Er hatte seinen Stolz überwinden und alte

Kollegen bitten müssen, ihm zu helfen. Es war unmöglich, weiter zusammen zu wohnen. Marta war unverschämt geworden, brachte ihre Männer mit, ohne auf Mama oder Michał irgendwelche Rücksichten zu nehmen. Von ihm ganz zu schweigen. Ein halbes Jahr dauerte der Alptraum, bevor sie in eine von ihm erbettelte Einzimmerwohnung umzog. Er hatte sich damals überzeugen können, was es heißt, erniedrigt zu werden. Er war schon zu unbedeutend, um auch nur irgendwas entscheiden zu können. Es waren die anderen, die Entscheidungen trafen, tragische, wie sich zeigen sollte. Da war sogar Freude dabei, daß er aus dem Verkehr gezogen war. In den ersten Jahren hatte eine andere Atmosphäre geherrscht, bei allen Fehlern und Irrtümern hatten sie doch ein Ziel verfolgt. Damit konnte er sich jetzt, im Rückblick, abfinden. Es war vorgekommen, daß Unschuldige hatten leiden müssen. Nun gut, im Meer der Menschen gab es auch Dumme. Die erließen idiotische Verordnungen. Wie zum Beispiel, daß damals alles geheim oder streng geheim war. Jedes noch so banale Papier mit einem Stempel mußte gut verschlossen aufbewahrt werden. Im Falle einer Kontrolle und wenn ein Vergehen nachgewiesen wurde, stellte man die Schuldigen vor Gericht. Eine solche Geschichte war ihm noch in Erinnerung. Der Leiter des Postamts oder, genauer, einer Nebenstelle im letzten Kaff hatte seine Schwiegermutter als Putzfrau eingestellt. Eines Tages, gegen Abend, hatte die Frau Bürste und Eimer genommen und die Tür aufgeschlossen, ohne zu ahnen, daß dies ein Jahr Gefängnis für ihren Schwiegersohn bedeutete. Während sie auf den Knien den Boden scheuerte, kam einer der Leute aus Władeks Ressort ins Zimmer, die schnüffelten damals überall herum. Sofort entdeckte er die auf dem Schreibtisch liegende Brandschutzverordnung. Er stellte das mit einem Stempel und der Unterschrift des Feuerwehrhauptmanns versehene Beweisstück sicher. Die Frau des Beschuldigten kam schließlich zu Wanda, und die führte sie zu ihm. Er versprach zu helfen, aber als er Władek darauf hinwies, daß er hier wohl ein wenig übertrieben habe, da hatte der wie ein Schmierenkomödiant seinen Finger gereckt und gesagt:

»Der Feind schläft nie.«

*

»Sie haben sie nicht gerettet, und das Kind kämpft um sein Leben. Ich geh zwischen den Wänden auf und ab, meine Hände, als würden sie eine Kerze halten, deren Flamme ich schützen muß. Sie erlischt, alles ist verloren. Stefanek küßt mir die Hände und bittet, ich soll mich hinsetzen, daß ich meine Beine nicht so belaste. Aber ich muß gleich wieder aufspringen, weil dieses Lämpchen sonst ausgeht. Sie haben mir nicht erlaubt, meinem kleinen Mädchen Lebewohl zu sagen, haben mir nicht erlaubt, ihre saphirfarbenen Halbmonde zu küssen. Halinas Schwester und Kazik sitzen jetzt bei uns, sie haben mich nicht zu Wort kommen lassen, haben die Bitte meines Herzens nicht erhört. Das hat nicht zulassen wollen, daß jemand Fremdes sie berührt, hat gewollt, daß meine Hände sie ankleiden und sie schön machen für ihren Weg. Ich schau auf diese Menschen, die so was wie eine Familie sind, schau meinen Sohn an, hab keine Kraft, was zu sagen, und sie sind stumm und blind. Was wollen die eigentlich schützen, mein Leben, das wie Unkraut auf dem Boden kriecht und angeblich flache Wurzeln hat und sich doch so festkrallt. Du schadest dir selbst, Wanda, ihr kannst du nicht mehr helfen, aber du ziehst das Unglück noch auf dich. Dumme Menschen. Sie verstehen nichts.

Als ich mit Stefanek allein bin, als sie endlich weg sind, ist es leichter. Jetzt ist er da, ich bin da und die Leere, wo einmal diese dritte, von mir am meisten geliebte Person war.

Das weiß ich jetzt. Dauernd hat sie noch von dem Kind geredet. Ob es ein Junge oder ein Mädchen wird. Ich hab gefleht, daß sie nichts sagt, solange es noch nicht wirklich auf der Welt ist. Jetzt ist es für mich ihr Kind. Später wird daraus vielleicht der Enkel, der Sohn meines Sohnes, wenn es ein Junge ist. Es wär schon besser, wenn's einer wär. Denn sie ist unwiederholbar. So eine hat's nur einmal gegeben, mein Töchterchen von Mond und Abendfeuchte.

Zum ersten Mal bin ich wieder in den Supermarkt zum Einkaufen. Stefanek hat Mrs. Pirx, der Schwarzen, wahrscheinlich extra freigegeben, um mich wieder zum Leben zu bringen. Ich hab das Auto geparkt, nehm einen Einkaufswagen, geh an den vollen Regalen entlang. Cornflakes mit Mandeln, schon lang ich hin. Und dann denk ich: Wozu? Für sie wär's gewesen. Stefanek mag so was nicht. Ich geh weiter. Und plötzlich seh ich mich in einer Scheibe. Das bin nicht ich. Das ist eine alte Frau, gebeugt, mit trippelnden Schritten. Richtig erschreckt hab ich mich. Wie ich jetzt ausseh. Die paar Monate haben ausgereicht. Kazik hat das wohl auch verstanden, denn gestern ist Halinas Schwester ganz verweint zu mir gekommen. Er ist verrückt geworden. Hat ein junges Mädchen gefunden. Seine Tochter könnt sie sein. Daß er . . ., na ja, aber daß sie zu diesem Alten . . . Man weiß nie, was einen erwartet, sag ich. Weinst du, weinst du nicht, es kommt auf dasselbe heraus. Früher mal, da hätt ich anders zu ihr geredet, jetzt kann ich's nur so. An Kazik denk ich wie an einen Fremden. Das bißchen Zeit mit ihm ist, als sei's Jahre her. Was soll mir das jetzt.

Ich wart, daß Stefanek das Enkelkind bringt. Ein halbes Jahr schon ist es in der Klinik. Bring's nach Hause, sag ich, hier päppeln wir's viel eher hoch. Zuerst päpple dich mal selbst auf, dann reden wir weiter. Jetzt kann sich keiner um das Kind kümmern. Wo es doch so krank ist. Vielleicht hat er ja recht, ich muß mich zusammenreißen.

Die Palmen haben um ein Haar ihr Versprechen eingelöst. Schon hat man mich mit Blaulicht gefahren, schon hat sich die Welt mit Rot überzogen, und die Stimmen und Menschen sind in dieser Farbe versunken und verstummt. Doch dann mach ich die Augen auf und seh die weißen Wände, und neben meinem Bett sitzt mein Sohn.

›Hörst du mich, Mama?‹ fragt er.

Und ich hab gedacht, er sagt: ›Hörst du mich, Wanda?‹ Immer hab ich den Sohn auf Kosten des anderen von mir gestoßen, immer hab ich in ihm den anderen sehen wollen, und weil das nicht hat sein können, hab ich ihm zu wenig Liebe geschenkt.

›Verzeih mir, daß ich dich nicht hab lieben können‹, flüstere ich, aber er nimmt meine Hand in die seine, so vorsichtig, als sei's ein gerade erst geschlüpftes Küken.

›Du bist für mich die Wichtigste.‹

Wieder bekennt er mir seine einseitige Liebe. Tränen rollen mir über die Wangen. Ich liebe dich, ich werd mich bessern, ich weiß davon nur nicht.«

*

Michał kam, ohne seine Jacke auszuziehen, und mit den Autoschlüsseln in der Hand ließ er sich in den Sessel fallen. Er spielte mit dem Schlüsselanhänger.

Das machte ihn schon nervös.

›Wann kommen sie also?‹ fragte Michał schließlich.

›Am Samstag.‹

Nachdem sein Sohn wieder weg war, beschloß er, die Wäsche zu waschen. Er trennte die Sachen, Farbiges auf einen Haufen, Weißes auf einen anderen. Ohne die Waschmaschine hätte er bestimmt alles in die Wäscherei gebracht, aber so gab es dafür keinen Grund. Das Gerät hatte schließlich ein gutes Stück Geld gekostet.

Ein Katz-und-Maus-Spiel, dieses ganze beschissene Leben. Ihm fiel der Forstmeister ein, der ähnlich gedacht haben mußte, aber vielleicht war er auch wirklich psychisch krank gewesen. Man hatte dem Mann aufgetragen, eine Jagd zu organisieren, an der ein russischer General teilnehmen sollte. Der Forstmeister hatte mit den Vorbereitungen begonnen. Er berief eine Besprechung ein und befahl, aus der Scheuer ein verrostetes Geschütz, das noch von den Deutschen stammte, zu holen und es am Ende der Straße aufzustellen. Er hatte die Leibwache eingeschüchtert. Der General wurde gefesselt und in einen Keller gesteckt, vor dem ein loyaler Waldhüter mit einer Doppelbüchse Wache hielt. Der Waldhüter hatte die Gewohnheit zu stottern, entsprechend interessant hatten später seine Geständnisse ausgesehen. Die Untersuchungsrichter konnten sich keinen Reim darauf machen, worum es eigentlich gegangen war, und schlossen ihn, ungeduldig geworden, schließlich von dem Verfahren aus. Der Knabe hatte Glück gehabt, damals erhielt man für viel kleinere Vergehen hohe Strafen. Er war gedeckt, hatte die Anweisungen seines Vorgesetzten ausgeführt, doch sie hätten ihn für seinen Übereifer bestrafen können. Wie hatte der Waldhüter doch gleich geheißen? Jędrusik oder so ähnlich. Er war relativ klein, dafür hatte er eine in jeder Hinsicht stattliche Frau, die ihn mit elf Kindern beglückt hatte. Böse Zungen hatten behauptet, das käme daher, daß die Arme keine Möglichkeit hatte, sich mit ihm zu verständigen. Warum erinnerte er sich jetzt an diesen Menschen? Fast sah er ihn vor sich mit seiner Mütze, die ihm immer auf die Ohren gerutscht war. Vielleicht deshalb, weil nach der Affäre nur der Waldhüter auf freiem Fuß geblieben war. Die Leute trauten ihm nicht mehr, während er ständig bemüht war, seine Unschuld zu beweisen. Er schrieb Erklärungen an alle möglichen Personen, unter anderem an ihn. Anfangs hatte Wanda sie ihm auf den Schreibtisch gelegt, später warf sie sie in den Papierkorb. Ja, die Geschichte hatte den armen Mann mit ihren Krallen gezeichnet. Zwar war er ohne sichtbaren Schaden aus der ganzen Affäre hervorgegangen, doch letztlich hatte sie sich als tödlich erwiesen. Eines Tages nämlich wurde sein Fahrrad gegen einen Baum gelehnt aufgefunden. Eine Suchaktion wurde gestartet. Man fand ihn zusammengekauert an einen Baumstamm gelehnt. Der Kopf war ihm auf die Brust gesunken. Herzschlag.

Michał kam an diesem Tag noch einmal vorbei. Er drückte sich in der Wohnung herum.

»Hast du dich mit deiner Frau gestritten?«

»Die ist nie zufrieden. Oma Dziubek hat schon recht gehabt: Meine Frau trägt den Arsch höher, als ihre Beine lang sind.«

Ihm fiel plötzlich ein, daß mit Wandas Rückkehr auch ihre Familie auftauchen würde. Als hätte er seine Gedanken gelesen, sagte Michał:

»Man müßte die Nachricht rauslassen.«

»Das machen wir ganz zum Schluß.«

»Dann ist es vielleicht zu spät.«

»Für schlechte Nachrichten ist immer Zeit«, meinte er.

Und schon war ihm der restliche Tag verdorben. Er verzichtete auf seinen Spaziergang, es regnete zwar auch, aber noch vor einer Woche hätte ihn das nicht abgehalten. Er schaute eine Weile in die Glotze, dann schaltete er sie aus. Er setzte sich in den Sessel. Die Tränen stiegen in ihm hoch. Er ließ sie laufen. Er weinte jetzt oft. Wenn er es am wenigsten erwartete, produzierten irgendwelche Drüsen in ihm das salzige Wasser. Anfangs hatte er sich noch dagegen gewehrt, denn er hatte gelernt, daß ein Mann nicht weint. Aber dann hatte er seinen Tränen freien Lauf gelassen. In der Vergangenheit war ihm so etwas nur einmal passiert. Das war nach dem Besuch von Zygmunts Tochter Katarzyna gewesen. Sie war nach Breslau gekommen.

»Aber du kennst Vater doch«, hatte sie gesagt und ihn flehentlich angeschaut, »er würde doch nie zum Verräter werden.«

Sie hatte nicht verstanden, daß er nicht helfen konnte. Nachdem sie wieder fort war, hatte Wanda ihn in der Küche gefunden, wo er weinte wie ein Kind. Angst verkrampfte ihr Gesicht.

»Was wird nur mit uns werden, Stefan?« hatte sie mit versagender Stimme gefragt. »Er war doch unschuldig.«

»Es gibt keine Unschuldigen«, hatte er geantwortet, mehr zu sich selbst als zu ihr.

Er griff nach dem Heft, in dem Wanda ihren Besuch in Warschau beschrieben hatte.

*

»Um alles im Haus kümmre ich mich, weil es doch niemand so kann. Ich bügle Stefan das Hemd, und ich werd so lange mit dem Bügeleisen dastehen, bis jede Falte besiegt ist. Jemand Fremdes hätt doch gar nicht die Geduld dafür. Es ist einfach schön, wenn der Mann ordentlich aussieht, jetzt schneid ich ihm sogar selber die Haare, weil der Friseur sie ihm immer viel zu kurz schneidet. Man sieht, daß sich jetzt eine Frauenhand um Stefan kümmert, das hat sogar der Onkel bemerkt. Bei unserer Hochzeit ist er nicht gewesen, vielleicht weil er so beschäftigt war oder vielleicht wegen Stefans Mutter. Zwar ist er ihr leiblicher Bruder, aber sie hat doch ein solches Geschrei gemacht, als Stefan mich geheiratet hat. Später hat er uns nach Warschau eingeladen. Da sind wir also gefahren. Von all dem bin ich ganz magenkrank geworden. Weil, na ja, wie würd ich wohl ausfallen. Den ganzen Weg saß ich statt auf dem Sofa der ersten Klasse auf dem Klosett. Und meine Nervosität ist immer größer geworden. Wie das sein wird, wenn wir hinkommen und ich gleich nach dem Örtchen fragen muß. Das ist doch peinlich. Ich sag zu Stefan, daß wir irgendwo warten sollen, bis ich mich beruhigt hab, aber er hat davon nichts hören wollen. Du fährst zur Familie, sagt er. Für ihn geht's zur Familie, aber für mich zu jemandem, der mich von allen Seiten betrachten wird. Vielleicht wird er sich sogar wundern, was Stefan in mir sieht. Na ja, und da stehen wir schon vor der Tür von so einem schönen Haus in einem Park, den sie Łazienki-Park nennen. Der Onkel hat selber aufgemacht. Lauter Fältchen um die Augen, gute Augen, andere als bei der Schwiegermutter, auch wenn vielleicht die Farbe ähnlich ist. Kein Wunder, sagt er zu Stefan, da kann man wirklich den Kopf verlieren, und er legt mir den Arm um die Schultern und führt mich ins Haus. Da ist es wunderschön. Ein Bild mit einem Pferd an der Wand und beim Fenster eine Palme so groß wie ein Baum. So eine hab ich noch nie gesehen, obwohl die in unserem Büro auch riesengroß war. Stefan und der Onkel genehmigen sich beide ein Gläschen und reden miteinander. Ich schau mich um. Ist dir langweilig, Wanda? fragt der Onkel. Wenn Kasia kommt, dann könnt ihr schwätzen. Weißt du, wenn sich so zwei wie wir treffen, dann gibt's kein Halten. Ich antwort ihm darauf: Das kann ich gut verstehen. Der Onkel hat genickt, ich seh, daß ihm meine Antwort gefällt. Ja, Kinder, vielleicht ist nicht alles, wie es sein soll, aber wir bauen Polen auf, und das kann uns keiner nehmen.«

*

Helfen hätte er nicht können, aber telefonieren. Es hätte genügt, ein Ferngespräch anzumelden, und Zygmunt hätte den Hörer abgenommen. Aber er hatte es nicht getan. Das läßt sich schwer erklären. Er war kein Feigling. Das war es nicht. Während des Krieges hatte er an bravourösen Aktionen teilgenommen, hatte sein Leben riskiert. Jeder Kampfauftrag war für ihn wie ein Treffen mit einer geheimnisvollen Unbekannten gewesen.

Frauen waren damals für ihn etwas Unergründliches gewesen. Die Art, wie sie sich bewegten. Ihre Stimmen, ihr Geruch. Er verfolgte sie mit seinen Blicken, ohne daß er den Mut gehabt hätte, sich ihnen zu nähern. Eines Tages war er in eine Wohnung gekommen, in der eine Verbindungsperson wartete. Im Flur zog er gerade seinen Mantel aus, als er etwas hörte, was ihn lähmte. Er erstarrte und lauschte einer eigenartigen Melodie. Es war das Lachen einer Frau. Er wurde ins Zimmer geführt, und da sah er zum ersten Mal Wiesia. Sie hatte so gelacht.

Wanda und er waren wie ein Paar Schuhe. Er am einen Fuß, sie am anderen. Sie mußten nicht einmal miteinander reden. Ein Blick genügte. Jener Abend, als sie sich beide betranken. Er hatte sie nackt ausgezogen und mit Sekt übergossen. Für einen Moment war ihr Schoß ganz perlig gewesen, in den Haaren hatten sich kleine Bläschen eingenistet. Er nahm sie mit dem Mund auf, wanderte dann tiefer, seinen Kopf schob er wie einen Keil zwischen Wandas Schenkel. Mit vorgestreckter Zunge grub er sich tiefer in sie ein. Der Geschmack des Sektes vermischte sich mit ihrem Geschmack. Sie hatte die Schenkel immer enger zusammengepreßt, doch hatte ihn das nur noch mehr gereizt. Seine Zähne gruben sich in das Weiche ein, die Zunge bohrte sich vor, und er spürte seine Erregung wachsen. Wanda sträubte sich, flüsternd richtete sie Bitten an ihn, doch er ließ sie nicht entkommen. Ihr Körper spannte sich, der Kopf flog nach hinten, die Schenkel verharrten reglos, dann fiel sie mit einem Stöhnen auf den Rücken. Nur so war er in der Lage, ihr einen Ton zu entlocken, und dieses Aufstöhnen war wie eine raffinierte Liebkosung.

Sie war geschaffen für die Liebe wie sonst kaum jemand. Und es war schön zwischen ihnen gewesen. Wunderschön. Dieser Kerl da, was konnte er schon wissen. Ein Automechaniker, ein Primitivling. Sie hatte ihn wohl an der Nase herumgeführt. Vielleicht hatte sie es aber auch vergessen, nach so vielen Jahren. Er hatte es nicht vergessen.

Michał tauchte wieder am Donnerstag abend auf. Ohne seinen Mantel abzulegen, zwängte er sich in den Sessel.

»Also übermorgen dann heißen wir die Gäste willkommen. Zwei ermattete Wanderer.«

»Paß bloß auf, du sprichst von Mutter.«

»Eine Mutter läßt ihr Kind nicht im Stich.«

Er fühlte sich hilflos. Es überstieg seine Kraft, Michał jetzt irgend etwas zu erklären. Michał hatte doch auch all die Jahre über keinerlei Erklärungen verlangt, der Name Wanda war zwischen ihnen nie gefallen, selbst dann nicht, als sie angefangen hatte, Pakete zu schicken. Jetzt hatten beide nur die eine Verantwortung: ihren Leichnam im Familiengrab in Bródno zu beerdigen.

»Und wenn der Professor sich für das eine oder andere interessiert? Wenn er fragt, ob du seinerzeit den Leuten eine Maniküre verpaßt hast, was sagst du dann?«

»Daß ich es nicht habe.«

»Aha.« Michał grinste ironisch. »Manchmal ist nicht die Maniküre wichtig, sondern der Laden, in dem man sie macht.«

»Solche Vollmachten hatte ich nicht.«

»Aber die feinen Genossen, mit denen du warst, oder?«

Der Zorn trieb ihm das Blut ins Gesicht.

»Du müßtest viel eher erklären, was ihr mit diesem Land gemacht habt. Wir sind bergauf gegangen, langsam, weil's nicht anders ging, aber jeder Schritt führte nach vorn. Doch bei euch geht alles Hals über Kopf.«

»Wer ›ihr‹?«

»Deine ganze Generation von Dieben. Datschen, Autos, alles vom Geld der Steuerzahler.«

»Da hast du was verwechselt, noch sind wir nicht in Amerika. Außerdem, als Gierek geredet hat, da hab ich noch wenig von der Welt gewußt.«

»Du warst damals schon gut über zwanzig.«

»Na und, da hat's nur geheißen: Links um!«

»Dein Bett hast du dir selber gemacht.«

»Und ich schlaf herrlich darin. Nur einmal hab ich mir die Augen gerieben, im August.«*

Mit einer abschätzigen Handbewegung quittierte er, was sein Sohn da redete. »Ich hab dir gesagt, dieses Wickelkind wird nicht laufen lernen.«

»Und freust du dich jetzt?«

»Darum geht es gar nicht, ob ich darüber froh bin oder nicht, sondern nur darum, daß wir als Volk nicht fähig sind, Konsequenzen zu ziehen. Es ist immer das gleiche, seit Jahren dasselbe Drehbuch. Das ist beängstigend, das verheißt nichts Gutes.«

»Hab mal keine Angst, in Scheiße sitzt es sich wärmer, vielleicht kehrt man deshalb immer gern zu ihr zurück.«

Der Sohn war gegangen, aber er selbst brauchte nach die-

* August 1980, als in Danzig die Streiks begannen, in deren Folge die Solidarność gegründet wurde [Anm. d. Ü.].

sem Gespräch noch lange, um wieder zu sich zu kommen. Woher gab es bei Michał nur so viel Feindseligkeit? Wo immer es ging, versuchte der Sohn ihm eins auszuwischen, keine Gelegenheit ließ er aus. Vielleicht ging es um jenes Gespräch, das sie nach dem 13. Dezember geführt hatten.* Der Sohn hatte der Solidarność angehört, war aber nur ein kleiner Fisch gewesen, so daß man ihn in Ruhe ließ. Nach Verhängung des Kriegsrechts aber hatte er angefangen, wirklich zu handeln. Michał war mit dem Vorschlag zu ihm gekommen, einen Typ zu verstecken. Er hatte sich geweigert. Der Sohn hatte ihn bedrängt, behauptet, es bestünde überhaupt kein Risiko, man würde nicht die Wohnung von so einem wie ihm durchsuchen.

»Ich lehne nicht ab, weil ich Angst um meine eigene Haut habe«, hatte er schließlich geantwortet.

»Worum also geht es?«

»Darum, daß ich mein ganzes Leben negieren müßte.«

»Das hast du doch längst getan.« Michał war wütend gewesen, im Hinausgehen hatte er die Tür zugeschlagen.

*

»Im Krankenhaus hat mich Kazik besucht. Er hat sich an mein Bett gesetzt, irgendwie war er besorgt. Seine Augen ganz eingefallen.

›Na, da hast du uns einen schönen Schreck eingejagt, Mädchen‹, sagt er. ›Nur gut, daß ich so ein Vorgefühl hatte.‹

Ich fing den Tag damals an wie jeden anderen. Hab das Haus und mich selber zum Empfang für den Enkel auf Hochglanz gebracht. Sogar zum Friseur hab ich gehen wollen, irgendwas mit den Haaren machen, damit ich wieder

* 13. Dezember 1981, Verhängung des »Kriegsrechts« in Polen durch General Jaruzelski [Anm. d. Ü.].

mehr wie ein Mensch ausseh. Da klingelt es an der Haustür. Ich schau nach. Eine fremde Frau, schon etwas älter. Mit einem schwarzen Hut. Ich denk plötzlich, das könnt diese Mutter von der kanadischen Grenze sein. Wie sich herausstellt, war's die Schwester. Beide Eltern krank, zur Beerdigung haben sie nicht kommen können. Wir unterhalten uns. Wie geht's Stefan?

›Es ist schwer für ihn‹, sag ich, ›ohne Frau.‹

›Und ohne Kind‹, fügt sie hinzu.

›Immer sachte, es wird schon durchkommen‹, sag ich. ›Sie werden sehen, was das noch für ein Prachtkerl wird. Alle Gnadeckis sind groß bis unter die Decke.‹

Sie schaut mich an. Da hör ich auf zu reden.

›Stefan hat geschrieben, daß es eine Totgeburt war. Ich hab den Brief in der Tasche.‹

Ich bitte sie, ihn mir zu zeigen. Das Telefon läutet. Kazik. Später, sag ich, ich hab gerade einen Gast. Ich setz mir die Brille auf, nehm den Brief. Stefans Schrift.

Danach ist's schwer gewesen, noch weiterzureden. Die Frau versteht nicht, wie das möglich ist. Ich hab's gewußt und auch wieder nicht, vielleicht hab ich's einfach nicht wissen wollen. Ganz komisch ist mir im Kopf. Ich hab ihr nicht mal was angeboten, so komisch ist mir. Ich erinnere mich nur, daß ich durchs Fenster geschaut hab, wie Jankas Schwester das Gartentor hinter sich zumacht, in ihrem schwarzen Hut geht sie die Straße runter, ohne zurückzuschauen. Ich will mich umdrehen, etwas zieht mich nach hinten, da ist etwas Weiches, Rotes. Den Sturz hab ich nicht gespürt. Kazik hat mich auf dem Boden gefunden, den Notarzt gerufen, nach drei Minuten war er da. Kazik hat gesagt, daß ich am Telefon so eine Stimme gehabt hab, daß er gar nicht gewußt hat, was los ist. Da ist er ins Auto und hergekommen.

›Ich hab gleich gesagt, daß es dich eher umbringt, wenn er

lügt, als wenn er die Wahrheit sagt. Aber Stefanek und meine Alte haben gesagt: Man muß sie langsam darauf vorbereiten. Und so ist es dann gelaufen. Ich dauernd, daß man es ihr sagen muß, sie, daß sie noch zu schwach ist.‹

›Ich dank dir, Kazik‹, sag ich, ›du hast immer mehr verstanden.‹

Wie das im Leben doch so geht. Früher bin ich nächtelang bei Kranken gesessen, jetzt hab ich selbst eine Pflegerin. Stefanek stürzt sich in Unkosten. Sechzig Dollar am Tag. Nach dem langen Liegen hab ich erst wieder lernen müssen zu gehen. Zwei Physiotherapeuten haben's mir beigebracht. Einer war Pole, von der letzten Emigration. Er weiß noch nicht, ob er hierbleibt, Frau und Kind sind in Polen. Sie herholen, aber wie? Ich nicke verständnisvoll.

›Ich hab das auch erfahren, was Lebensmittelkarten sind‹, sag ich, ›und ich war da nicht älter als Sie, jünger sogar.‹

Ich geh wieder, heb meine Füße aber fast nicht vom Boden. Stefanek lacht und meint, daß er jetzt eine Japanerin im Haus hat. Ich werd dir einen Fächer kaufen, Mama.

Robert ist gekommen. Stefanek ist bei der Arbeit, und wir sind den lieben langen Tag zusammen. Ich hab ihm beigebracht, »Tausender« zu spielen, mit meinen Karten, die ich noch aus Polen hab. Weißt du, sag ich, mich verfolgt ein Traum. Ich renn mit aller Kraft, bis mir die Luft wegbleibt. Ich hör meine Schritte. Schneller, immer schneller. Und ich weiß nicht, wohin ich eigentlich will. Das quält mich am meisten: Wohin renn ich so? Was bedeutet der Traum?

›Bist du glücklich, Robert?‹

›Was ist das denn, Glück, Mama?‹ So nennt er mich immer.

›Wenn Kopf und Füße zusammen gehen‹, antworte ich, ohne zu zögern.

›Und in dem Traum, kann der Kopf da mit den Füßen mithalten?‹

Schweigend schüttle ich den Kopf. Wir haben die Antwort gefunden.

Am letzten Abend saßen wir zu dritt zusammen. Die zwei erzählen sich was, lachen. Ich schau meinen Sohn an. Ein Fremder könnt meinen, daß er ruhig ist, ein glücklicher Mensch. Nur ich weiß es besser. Irgendwie hat er Janka und diesen Sohn zwar nicht gewollt, aber als er sie verlor, da hat das ein solches Loch in ihm gerissen, daß nichts es zuschütten kann. Er wird von nun an allein sein. Ich geh bald. Er läßt niemand anderen an sich heran. Er ist so wie ich, er gibt sein Jawort nur einmal.

Kazik schaut vorbei, für fünf Minuten. Die Pflegerin ist in den Supermarkt gegangen, da sag ich:

›Gib mir eine Zigarette.‹

Zuerst ist er erschrocken, dann hält er mir ein Päckchen hin. Der vertraute Geschmack! Mir dreht sich der Kopf, ich muß sie ausmachen. Da hab ich sie halt ausgemacht, aber dieses Gefühl von einem normalen Leben ist geblieben. Kazik hat das verstanden, und ich bin ihm dankbar dafür.

›Weißt du, Kazik, von dir hab ich nur Gutes erfahren. Verzeih, wenn ich manchmal . . .‹

›Du bist für mich alles, was schön ist auf dieser Welt, Wanda.‹

›Was redest du da: eine alte Frau und sonst nichts.‹

›Ein paar Fältchen, was heißt das schon. Die Augen sind dieselben.‹

Da schüttle ich nur den Kopf, und es ist eine solche Traurigkeit in mir, weil alles vorbei ist und so kurz gedauert hat.

›Meine Alte läuft herum und erzählt allen, was für ein wilder Hengst ich bin. Irgendwas stimmt da bei ihr nicht. Ich hab einem Mädchen am Auto was geholfen, schon ist sie meine Geliebte. Für mich warst du die einzige und bist es geblieben. Vom ersten Augenblick an, wo ich dich gesehen hab.‹

›Laß gut sein, Kazik, es ist alles nicht wichtig. Ich geh zu meinen Lieben, ich bin glücklich. Vielleicht sag ich zuviel, aber manchmal bin ich schon bei ihnen. Janka hat das Kind bei sich, ich kehr zurück, zu Halina. Auf Stefan werd ich warten, es sei denn, er überholt mich mit einem Satz.‹

Kazik, der gute Mensch, bekommt einen Schreck. Er läßt es sich nicht anmerken, aber seine Hand zittert arg, als er sich eine Zigarette nimmt.

›Weißt du, ich würd so gern noch eine Frucht von einem Baum pflücken oder von einem Strauch. Das läßt mich nicht los, aber es ist halt nicht möglich. Bevor die Tomaten reif sind, werd ich schon weit weg sein.‹

›Du wirst wieder gesund.‹

Ich schüttle den Kopf.

›Bei mir geht's in die andere Richtung.‹

Und gleich darauf macht die Pflegerin ein Geschrei, weil alles voller Rauch ist. Sie öffnet das Fenster, schickt Kazik aus dem Zimmer, als wär ich gar nicht da. Sie geht ums Bett, stopft die Bettdecke fest. Ein Roboter, kein Mensch! Ich war nicht so, in jedem Kranken hab ich zuerst mal eine Person gesehen. Vielleicht hab ich deshalb Erfolg gehabt, die haben nur nach mir gefragt. Ich steh wieder auf, geh durchs Haus, schau durchs Fenster. Irgendwie langweilig, vorher war das nie so. Vielleicht kann ich nicht mehr allein mit mir sein. Früher hab ich mich gern in mich selber vertieft, hab sehen wollen, was ich da wohl finde. Ich sehn mich nach Stefanek, nach Kazik. Mit ihnen fühl ich mich wohl. Halinas Schwester ist eine herzensgute Person, aber diese Nerven! Von ihr geht ein Strom aus. Sie sitzt fünf Minuten da, und schon bin ich müde. Aber wie soll ich's ihr sagen, sie ist allein, ohne Schwester, ohne Mutter. Und immer hackt sie nur auf ihm herum. In seiner Tasche hat sie das Gummi von einem Damenschlüpfer gefunden.

›Woher weißt du das, vielleicht ist es gar nicht von einem Schlüpfer.‹

›Ich weiß es.‹

Und sie spreizt ihre Finger und ballt sie wieder zusammen.

›Jetzt gib schon Ruhe – dir und ihm‹, sag ich wie zu einem Kind. ›Hör auf, ihm nachzuforschen, du wirst dich besser fühlen.‹

›Ich möcht wissen, mit wem er lebt.‹

›Da hast du spät angefangen, hinzuschauen.‹

›Ich hab Angst gehabt, ihn zu verlieren, und jetzt ... eine alte Schachtel. Ohne Kinder, ohne die Liebe des Mannes. Ein fremdes Bett hat es ihm angetan.‹

›Ist denn das Bett wirklich alles?‹ red ich auf sie ein. ›Das ist nur die Beilage zum Leben. Wenn sie gut ist, dann gibt's mehr Glück, wenn nicht, weniger. Und das ist alles. Er will abends zu dir heimkommen, dir seinen Tag erzählen. Hör ihm zu wie eine kluge Frau.‹

Jetzt weint sogar sie.

Ich schreib über andere, als hätt ich mich selber vergessen. Ich weiß, warum. Ich hab Angst, das Licht auf mich zu richten, daß ich da was Böses seh. Denn was für eine Spur hinterlaß ich denn? Leid und Zerstörung, dabei soll der Mensch doch was schaffen, und sei's nur das Kleinste. Eine Familie. Aber hier: Stefan ist allein, ich bin allein, ein Sohn kann vom Wodka nicht lassen, der andere ist verwaist.

Fünf Jahre war ich alt, als ich auf einem Weg stand und geweint hab, weil die Vögel davongeflogen sind. Mein Vater hat sich zu mir hingekniet, mir mit seiner dicken Hand das Gesicht abgewischt und gesagt:

›Sie kommen zurück. Sie kommen immer zurück ...‹«

*

Er nahm aus der Bar eine Flasche und goß sich ein Glas voll. Die Flasche stellte er nicht mehr zurück, sondern auf den Boden neben sich.

Das macht dein Schreiben, Wanda. Du hast auf mich mit Brot so hart wie Stein geworfen. Du schriebst, wenn ich etwas nicht mit dir ansehe, dann wäre es, als existiere es nicht. Wenn ich das nur könnte. Alles auslöschen, was nach unserer Trennung passiert ist, ausstreichen, vergessen. Aber ich kann es nicht, Wanda. Ich kauere in der Ecke und komme um vor Angst. Und das Schlimmste ist, ich weiß eigentlich nicht, vor wem ich mich fürchte. Vor wem sollte ich denn eine solche Angst haben? Manchmal denke ich, vor mir selbst.

Dann rette mich du, wenn du es kannst. Gib mir etwas, das es mir erlaubt, innezuhalten. Damit ich wenigstens einmal tief durchatmen und mich wie ein Mensch fühlen kann. Darum geht es doch, Wanda: daß ich mich nicht wie ein Mensch fühle. Das ist mein ganzes Unglück.

Er wanderte im Zimmer umher. Er wußte, wenn er noch ein Gläschen trinken würde, dann gäbe es kein Zurück mehr. Für drei Tage wäre er dann außer Gefecht, so würde das enden, dabei mußte er doch morgen am Flughafen sein.

Er wusch sich, zog sich einen Schlafanzug an, den Wanda ihm geschickt hatte, und ging ins Bett. Er griff sich nicht einmal mehr ein Buch, sondern löschte gleich das Licht. Aber ziemlich schnell knipste er es wieder an.

Gierig trank er, direkt aus der Flasche, ohne das vertraute Brennen in der Kehle zu spüren. Er war wie betäubt. Langsam ließ die Spannung nach, die Muskeln lösten sich, der Körper sackte in sich zusammen und bekam wieder die vertraute Schlaffheit.

Du schriebst, daß sich unser Sohn in deinem Bauch mit Traurigkeit vollgesogen hat. Aber weißt du, was er sich erst bei mir geholt hätte? Schau nur, was mit Michał ist. Er verachtet mich. Du wurdest von unseren Kindern bis zum Schluß geliebt. Ja, Wanda, es ist die Wahrheit, daß Michał Sehnsucht nach dir hatte. Selbst jetzt, wo du ihm nichts mehr geben kannst, hat er noch viel, was er dir geben kann. Mir gegenüber hat er gegeizt. Wir haben uns aneinander vorbeigedrückt, unsere Blicke haben sich nicht getroffen, unsere zum Druck ausgestreckten Hände sind in der Luft hängengeblieben. Meine Tochter habe ich seit meiner Trennung von ihrer Mutter nicht mehr gesehen, das hat sie verlangt, daß ich aus ihrem Leben verschwinde. Damals war mir das ganz egal. Und jetzt: Leere. Wie ein Spinnennetz überwuchert Einsamkeit die Wohnung, ich hab nicht einmal mehr die Kraft, dieses Netz zu beseitigen, bald wird es mich bis auf die Treppe verfolgen, und ich werde es auf der Straße hinter mir herziehen. Unsere Enkelin ist der einzige Lichtblick in dieser Finsternis. Ich werde sie dir zeigen, diese kleine Frau. Aber kann denn so ein Persönchen ein Leben ausfüllen, das sich schon nicht mehr nur über Jahre, sondern über ganze Epochen hinzieht? Was haben meine Augen nicht alles gesehen, Wanda. Zu viel, als daß sie ruhig hinter ihren Lidern schlafen könnten. Überleg dir also gut, ob es sich lohnt, sich eine solche Gesellschaft auszusuchen. Wieder wollt ihr mich von zwei Seiten unter Feuer nehmen. Mama… Meinen Vater hast du nicht gekannt, das war ein echter Herr. Eine würdige Gestalt, ein Pelzmantel mit Fischotterkragen, ein Stock mit Knauf aus Elfenbein. Er war Advokat, der Stolz der Warschauer Anwaltschaft. Ein wohlhabendes, kultiviertes Haus mit Tradition. Und Mama? Die Tochter eines Schneiders. Es ist wahr, an Geld fehlte es ihr nicht, aber dafür an allem anderen: an gesellschaftlichem Rang. Das zählte damals am meisten. Sie hatte ein Pensionat besucht und verkehrte dann in den Häusern der Mädchen, die sie dort kennengelernt hatte. Nun, und da traf sie Vater. Es begann eine Romanze. Denk nur, auf welches Wagnis sie sich in der damaligen Zeit einließ, wie sehr ihr an Vater gelegen haben muß. Schwangerschaft. Vater, ein Mann von Ehre, hielt um ihre Hand an. Sieben Monate später kam ich zur Welt. Sofort drehte sich alles um mich. Weißt du, Wanda, ich war wie ein Huhn, das dazu verdammt ist, ein zu großes Ei zu legen. Ich fürchte, daß ich in diesem langen Leben viel gesündigt habe und daß man von mir verlangen wird, alles abzurechnen. Aber ich hab mir nicht wie du Notizen gemacht. Ich habe alles meinem Gedächtnis anvertraut, das mich jetzt im Stich läßt. Wie soll ich es erklären, daß in meinem Leben nicht nur Wodka und Hinterteile wichtig waren. Daß ich den Menschen auch etwas von mir hab geben wollen. Ich hab keine Zeugen, keiner wird mir glauben. Und du wirst deinen Mund nicht mehr zu meiner Verteidigung öffnen, wirst nicht bezeugen, daß ich der Frau von Oberst Z., der als Mitglied der Heimatarmee hingerichtet wurde, das Leben gerettet habe. Erinnerst du dich? Das war in diesem Jahrhundertwinter, es gab Frost bis minus dreißig Grad. Wir haben gefroren, wie ist es da erst den Menschen ergangen, die keine Kohlen hatten. Die Frau war schwach, ich glaube, lungenkrank. Sie war eine einfache Schichtarbeiterin. Die Frau eines Feindes. So jemanden an den Schreibtisch vorzulassen war nicht erlaubt. Sie kam also und suchte um Kohlen nach. Es war schwer damals, jeder schwarze Klumpen wurde mit Gold aufgewogen. Und ich nahm das Telefon und ordnete auf eigene Verantwortung an, daß man ihr den Anteil gab. Es blieb nicht aus, daß man mir nachher Vorhaltungen machte. Der Blutige Władek hat mich wie nebenbei darauf angesprochen:

»Ich hab gehört, Stefan, daß du auf dem Weg nach oben bist.«

Ich schaue ihn an und verstehe nichts.

»Na«, lacht er und zeigt dabei seine schiefen, vom Nikotin ganz gelben Zähne, »in einen Schutzengel hast du dich verwandelt. Steig nur nicht zu hoch auf, manchmal fällt man von dort herunter.«

Das war nur so gescherzt, aber ich konnte nicht schlafen. Ich bin aufgestanden, in die Küche gegangen, um etwas zu trinken, so jedenfalls gab ich vor, dabei hatte mich einfach die Angst gepackt. Nun ja ... ich war ein Feigling, das muß klar gesagt werden. Aber diese Z., sofern sie noch lebt, sie würde ein Wort für mich einlegen. Erinnerst du dich? Sie ist dann später gekommen, um sich zu bedanken. So ein Mäntelchen hatte sie an mit einem ganz abgewetzten Kragen. Beide habt ihr im Flur geheult. Und du hast mit deinen Sternenaugen zu mir hochgeschaut und gesagt: »Wir danken dir.«

Und es hat noch andere gegeben, du weißt selbst am besten, wie ich mich um jeden gekümmert habe. Und wenn es nur ein Zechenarbeiter in einer wattierten Joppe war, der in mein Büro kam, ich stand hinter meinem Schreibtisch auf und begrüßte ihn wie einen Minister. Dieser Karwacki, erinnerst du dich? Ein Waggon hatte ihm das Bein zerquetscht, und sie wollten nicht anerkennen, daß es ein Arbeitsunfall war. Betrunken kam er zu mir, die Krücken, auf die er sich stützte, rutschten ihm weg, du hobst sie ihm auf.

»Kommen Sie wieder, wenn Sie nüchtern sind, der Herr Wojewode wird Sie empfangen«, sagtest du.

In dem Moment mach ich die Tür vom Arbeitszimmer

auf, gleich hört er auf, rumzukrakeelen, die Krücken drückt er fest an sich. Und er ging nicht mit leeren Händen weg. Und andere, die meinen Namen mit Hochachtung aussprachen. Solche gab es, du weißt das am besten. Du könntest so manches über mich sagen. Wozu sind wir aus Breslau weggegangen? Dort hätte ich mir vielleicht selbst wieder in die Augen schauen können, böse Stimmen, das ist ja egal. Schau, das ist so, man muß als Schwein zur Welt kommen, dann ist Dreck etwas Natürliches. Ich hielt es mit niemandem. Immer war ich allein und deshalb auch weithin sichtbar. Und jetzt versuch mal, gegen den Wind zu laufen. Da ist der Spaß zu Ende, selbst wenn der Wind dich nicht umreißt, so richtet er doch großen Schaden an. Zygmunt wußte das, er hat versucht, mich zu warnen.

»Die Mehrheit hat recht, denk daran. Selbst wenn du anderer Meinung bist.«

»Du wolltest sagen, die größere Minderheit?«

»Nein, das wollte ich nicht sagen. Die Macht, gewählt oder auferlegt, muß man respektieren, wenn sie stark ist. Es gibt nichts Schlimmeres als Schwäche. Fängst du erst an, ›die da‹ statt ›wir‹ zu sagen, bist du verloren. Dann bist du schon im Unrecht.«

»Aber wenn ›wir‹ nicht recht haben?«

»Dann muß man sich Recht verschaffen.«

Das war typisch Zygmunt. Hätte ich ihn im Gefängnis besucht, dann hätte er mir auch so etwas vorgesetzt. Aber ich besuchte ihn nicht. Ich hatte es eilig, in die DDR zu kommen, so eilig, daß keine Zeit blieb, an seine Zellentür zu klopfen. Scheiße. Alles Scheiße. Das ganze Leben. Abgewandt habe ich mich von dem einen Menschen, an dem mir wirklich lag. Wenn er noch lebte und ich jetzt zu ihm ginge, würde er mit Sicherheit sagen: Wir haben uns geirrt. Darin eben lag seine Größe.

Er nahm den Hörer ab. Lange meldete sich niemand, dann eine belegte Stimme.

»Katarzyna?«

»Ja.«

»Hier Stefan.«

Schweigen.

Sie:

»Ja, und?«

Und wieder sie:

»Es ist zwei Uhr nachts.«

»Morgen, oder eigentlich heute, wird Wanda ankommen.«

»So? Für lange?«

»Für sehr lange. Hör zu, Kaśka, ich ... all die Jahre ... wollte ich dir erklären, du dachtest ... aber das ist nicht so einfach ... Zygmunt wußte sowieso alles. Was er mir bedeutet hat ... ich habe ihn geliebt ...«

»Ich werde mir das nicht anhören. Gruß an Wanda. Tschüs.«

»Warte! Sie ist tot.«

»Du hast zuviel getrunken.«

»Ihr Sohn bringt sie, unser jüngerer ...«

Er spürte, wie ihm der Schweiß auf die Stirn trat. Er durfte es nicht zulassen, daß sie den Hörer auflegte, das war jetzt das Wichtigste. Er mußte sie dazu bringen, ein normales Gespräch zu führen, damit aufzuhören, gespreizt wie eine alte Jungfer zu reden. Bestimmt hatte sie nicht geheiratet. Sie hatte sich der Solidarność-Bewegung angeschlossen und während des Kriegsrechts Flugblätter an ihrer Brust versteckt. Sie war der Typ einer Aktivistin gewesen und war es geblieben. Er kannte sie gut. Selbst der Schock, den die Verhaftung ihres Vaters verursachte, hatte sie nicht kurieren können. Er war in der Wochenzeitung »Solidarność« auf ihren Namen gestoßen. Na ja, hatte er damals gedacht, natürlich.

»Ich rufe dich in der Frühe an«, sagte sie, und bevor er noch reagieren konnte, hatte sie aufgelegt.

»Und wer saß hinterm Tisch und zwang die Leute, Selbstkritik abzulegen?!« sagte er wütend. »Ich? Oder du? Und wessen Freundin ist nach so einer Séance in die Weichsel gesprungen? Du hattest sie dazu überredet, ihren eigenen Jungen anzuzeigen. Angeblich zu ihrem eigenen Besten. Und nachher dann hast du Tränen vergossen. Bestimmt legst du noch heute Blumen auf ihr Grab. Du verdammte Heuchlerin! Kommunistische Scheinheilige, du!«

Er öffnete die Bar, entnahm ihr eine Flasche Cognac und schüttelte sie, ein Rest war noch darin.

Was kann ich dir noch sagen, was dir gestehen, Wanda? Ich hab dich betrogen, vielleicht wußtest du es sogar. Schon damals in Breslau. Es war einfach Mode, eine Ehefrau zu haben und außerdem noch eine nebenher. Ich kam heim, ein räudiger Wolf, aber du hast mich mit einem Lächeln begrüßt. Doch kann man etwas Verrat nennen, dem man sein Herz nicht schenkt? Selbst dann, wenn ich mit einer im Bett rumturnte, hätte ich den Spaß eigentlich gerne beendet und wäre abgehauen. Wärst du eifersüchtig gewesen, hättest du mich wutentbrannt empfangen, mit Vorwürfen, vielleicht hätte ich das mit den Seitensprüngen anders gesehen, doch so war es eigentlich eher für die Kollegen. Einmal fragte mich Władek:

»Hättest du Lust, ein paar Sorten gleichzeitig zu probieren, oder hältst du dich an eine?«

»Nichts Menschliches ist mir fremd«, hatte ich ihm geantwortet.

Da sind wir also los. Ein Haus in der Vorstadt, keine fünf Groschen hättest du dafür gegeben: graue Wände, kleine

Fensterchen. Aber drinnen ein Palast. Verstehst du? Teppiche, Sofas, Kronleuchter. Und was für Hintern! Nur in Strümpfen an dünnen Strapsen. Władek flüstert mir ins Ohr, daß die vom Amateurensemble für Gesang und Tanz sind. Die Mädchen verdienen sich was dazu. Wir waren zu zweit, die so zu viert oder fünft. Offensichtlich war das nicht für alle was. Hier zählte musikalisches Talent erst ganz zum Schluß. Sie zogen uns nackt aus und flößten uns Sekt ein. Władek war gleich startbereit, aber bei mir – nichts, verstehst du, eine Riesenblamage! Irgendwas hatte sich bei mir verklemmt. Ich seh die drallen Titten, die herrlichen Schenkel, und mir ist, als wären das nur Bilder. Władek wird ungehalten:

»Was ist los, läßt du uns noch lange warten? Sollen wir dir etwa eine gedruckte Einladung schicken?«

Da streng ich mich an, in Gedanken beschimpfe ich mein Gerät. Aber es hilft nichts. Da hat sich mir dann eines der Mädchen aufs Gesicht gesetzt.

»Fangen wir mit dem Essen an«, sagt sie. Aber sie war schon ziemlich zu und hat mich deshalb fast erdrückt. Ich fing an zu würgen. Gut, daß Władek rechtzeitig kapierte, was los war. Nachher hat er mich dann damit aufgezogen:

»Du mußt mir eine Runde ausgeben, weil ich dir das Leben gerettet habe.«

Die Zeiten damals, Wanda ... da war Schwung drin. Die Menschen packten ihre Siebensachen und zogen von Ort zu Ort, um sich ein neues Nest zu suchen, denn das alte war meist zerstört. Die große Migration, nicht zu verwechseln mit der Emigration. Denen, die abgehauen sind, hätte ich eine Ladung Schrot verpaßt, in jedem Fall. Ein Tisch muß vier Beine haben, damit er fest steht. Zygmunt hatte recht, Wanda, er als einziger hatte recht. Vielleicht ließen sich noch ein paar finden; wenn man die nimmt, dann würde hier alles anders aussehen. Die mit etwas mehr Verstand haben sich in alle Winde zerstreut. Was das für ein Fehler war, hat die Zeit gezeigt. Die Zeit ist die größte Hurensau... sie läßt einen nichts auslöschen. Warum öffnet sie dem Menschen dann überhaupt die Augen, soll er doch bis zum Schluß blind bleiben...

Michałs wutverzerrtes Gesicht tauchte kurz vor ihm auf.

»Du bist vielleicht ein Rindvieh, in einer Stunde landet das Flugzeug.«

Erinnerst du dich, wie wir am Fluß waren? Mit bloßen Händen wolltest du Forellen fangen. Du standest bis zu den Knien im Wasser.

»Stefan, Stefan! Wo sind sie? Zeig!« Du krümmtest dich vor Lachen, dein Kopf bog sich nach hinten, und deine Haare flogen dir aus der Stirn. Du warst nicht schön, aber deine frischen Pausbacken, deine Stupsnase, die intensive Farbe deiner Augen schufen ein Bild, das ein Mann nicht mehr vergessen kann. Das war mehr als Schönheit.

Und ich erinnere mich an dich, wie du auf der Leiter im Obstgarten deiner Eltern standest, du hast die Kirschen vom Baum abgebissen, so daß die Kerne und Stiele hängenblieben. Dein Vater hat sich nachher über die Spatzen geärgert, während wir vor Lachen platzten. Weißt du, was mich manchmal verfolgt? Der Geruch des Brotes, das deine Mutter auf Blättern buk, ich weiß nicht mehr, auf was für welchen, ich glaube, es waren Blätter vom Meerrettich. Man aß es, solange es noch warm war, und bestrich es mit frischer Butter. Die Rinde krachte zwischen den Zähnen... Und erinnerst du dich, daß ich dich »Wandzik« nannte? Du erinnerst dich an alles, für dich allein zählte jede Minute unseres Lebens doppelt, vielleicht haben wir deshalb nicht gar so viel vergeudet. Vielleicht fand das, was sich bei anderen übers ganze Leben erstreckt, bei uns in den paar Jahren statt. Jetzt warte halt ein bißchen ... diesmal werde ich dich nicht enttäuschen, es wird so sein, wie du es willst.

Langsam wurde ihm bewußt, daß ihn seit geraumer Zeit ein hartnäckiges Läuten verfolgte, nur wußte er nicht, woher es kam. War er am Ende gar wieder ein kleiner Junge und diente mit anderen zusammen in der Messe? Er hielt ein Glöckchen in der Hand und läutete und läutete ... Dieser Ton durchbohrte seine Ohren und grub sich tief in sein Gehirn ein.

Er hob seinen Kopf, der so schwer war, als lägen alle Sünden dieser Welt auf ihm, und sofort war ihm klar, daß da jemand an der Tür läutete. Er schleppte sich hin und öffnete sie einen Spalt weit. Vor der Tür stand seine Jugend. Er wollte fliehen, doch seine Beine versagten ihm den Dienst. Er ließ es zu, daß dieses Abbild einer plötzlich rückwärts gespulten Zeit in die Wohnung trat.

Ein heftiges Bedürfnis, seinen Harn abzulassen, weckte ihn. Es passierte ihm in letzter Zeit häufig, daß er zwei-, dreimal in der Nacht aufstehen mußte. Er setzte sich im Bett auf, machte die Nachttischlampe an, und da entdeckte er, daß außer ihm noch jemand in der Wohnung war. Die ausgezogene Couch füllte fast das halbe Zimmer. Auf ihr schlief unter einer Decke ein Mensch.

Er konnte sich an überhaupt nichts erinnern. War das etwa Michał? Nein, der blieb nie über Nacht. Der nächste Gedanke versetzte ihn in Panik: Das mußte dieser zweite Sohn sein. Er löschte die Lampe und tastete sich im Dunkeln zum Bad. Dort machte er nur das kleine Licht über dem Waschbecken an, damit es nicht zu hell wurde. Langsam rekonstruierte er, was sich abgespielt hatte. Er hatte getrunken, war nicht am Flughafen gewesen, und dieser Amerikaner hatte ihn hier gefunden. Das mußte ein Anblick gewesen sein! Er im zerknitterten Schlafanzug, mit stoppelbärtiger Visage und eingefallenem Mund wie bei einem hundertjährigen Alten, denn gewöhnlich verlor er seine Prothese, wenn er betrunken war, danach suchte er sie dann in der ganzen Wohnung. Und was wird jetzt, wenn der andere aufwacht...?

Er zog sich so leise wie möglich an und schlich sich aus der Wohnung. Es war fünf Uhr früh. Ohne auf den Bus zu warten, machte er sich zu Fuß auf den Weg zu Michałs Wohnung. Er fühlte sich elend, seine Zunge war taub und klebrig vom Speichel, der sich in seinem Mund sammelte. Durst und die beißende Kälte quälten ihn. Er klappte den Kragen seines leichten Mantels hoch, aber das half nicht viel. Er hatte das Gefühl, nackt durch die Straße zu gehen.

Seine Schwiegertochter machte ihm auf, sie war verschlafen und konnte nicht verstehen, was los war. Er schob sie beiseite und bahnte sich seinen Weg in das Zimmer, in dem Michał schlief.

»Warst du am Flughafen?« fragte er den Sohn.

»War ich, genauso wie du. Hätte ich allein den Idioten spielen sollen?« entgegnete er böse.

»Er ist bei mir. Er schläft«, sagte er und machte eine ratlose Handbewegung.

»Na dann Prost!«

»Vielleicht könnten wir zusammen...«

»Jetzt laß mich mal mit deinen Sachen in Ruhe. Soll ich ihm etwa erklären, daß Papa Alkoholiker ist und er seine Bußandacht abhalten muß, auch wenn die Welt um ihn gerade untergeht?«

Er ließ den Kopf hängen, als sein Sohn das sagte.

»Na gut«, Michał langte nach seiner Kleidung, »Pik ist Trumpf, machen wir einen Durchmarsch.«

Die entlaubten Baumkronen berührten den mit schmutzigen Wolken verhangenen Himmel. Zu dritt standen sie oberhalb der Platte, unter der der plombierte Zinksarg verschwand. Das ging nicht ohne Störung ab, weil der Sarg größer war als normal und nicht in die Graböffnung paßte. Ein Teil der Wand mußte eingerissen werden, der Maurer flickte gerade das Loch, zwei weitere Arbeiter standen ein wenig abseits. Als die Arbeit fast fertig war, entfernten sich die Fremden durch die Allee. Fremde. Und was für Leute waren das für Wanda gewesen? Als wen sahen sie sich selbst? Oder eher: Wer hätten sie sein können? Ja, so war die Frage richtig gestellt, nur daß er darauf keine Antwort fand. Aber vielleicht gab es einfach keine Antwort.

Er erinnerte sich an den Tag, als er Wanda mit Michał aus dem Krankenhaus abgeholt hatte. Sie war den Korridor heruntergekommen, verändert, dünn. Vorsichtig hatte sie ihm das Kind gereicht. Diese Geste hatte sich als symbolisch erwiesen. Damals wußten sie das beide noch nicht. Woran Michał wohl gerade dachte? Sein Gesicht war undurchschaubar; kann die Nähe der Mutter ihm etwas zurückgeben? Wird es ihm jetzt leichter sein bei dem Gedanken, daß er zu ihr gehen kann, daß er sie auf eine Art verloren hat, wie alle ihre Eltern verlieren? Sie ist einfach gestorben. Diesmal wirklich. Dem anderen Sohn geht das alles sehr nahe, das sieht man. Sein Gesicht war verzerrt, als hielte er Tränen zurück. Wenn es stimmt, was Wanda geschrieben hat, dann muß ihm das sehr zu Herzen gehen. Michał sagte, er habe ihn im Sportanzug die Belwederska entlangrennen sehen. Gegen sieben Uhr in der Frühe, die Menschen standen an den Haltestellen und froren, während er den Tag auf seine

Weise begann. Am Tag nach seiner Ankunft war er ins Hotel Forum gezogen, bestimmt hatte er seinen Dauerlauf von dort begonnen.

Wie ungleich die Brüder einander sind. Das ist alles so eigenartig, dieser Ankömmling, dieser Fremde war überhaupt nicht fremd, er war sein Sohn. Trotzdem verband sie doch nur eine physische Ähnlichkeit. Michał, der alles von Wanda hatte, war ihm viel näher. Das kam vielleicht von der Trennung, vermutlich war es ganz bestimmt so, obwohl – wer weiß. Es war kaum wahrscheinlich, daß sie sich jemals verstehen würden, aber ausschließen konnte man es nicht. Und wenn sie alle zusammen gewesen wären, durch welche Gefühle wären sie miteinander verbunden gewesen? Das werden sie nie wissen.

Wie auf Befehl wandten sie einander ihre Gesichter zu, ihre Blicke trafen sich und stoben wieder auseinander. Wortlos bewegten sie sich zum Ausgang des Friedhofs. Als sie sich beim Auto befanden, schlug Michał vor, irgendwo einzukehren. Die Wahl fiel auf die »Schmiede« in Wilanów. Das Restaurant war ziemlich leer, nur in einer Ecke des Saals hatte sich eine mehrköpfige, fröhliche Gesellschaft niedergelassen. Der Kellner erschien.

»Żytnia«, sagte der ältere Sohn, »der ist am gesündesten.«

Er hatte sich vorgenommen, nicht zu trinken, doch beim Anblick der Flasche änderte er seine Meinung sofort. Er wurde sogar unruhig, als er daran dachte, daß Michał ihn vielleicht übergehen könnte. Dem wollte er zuvorkommen und streckte schnell seine Hand aus, doch er traf ins Leere. Michał füllte das Glas des Bruders, dann sein eigenes, und dann stellte er die Flasche so ab, daß er sie nicht erreichen konnte.

»Na dann, möge sie in Frieden ...«, sagte der Sohn und tat, als hätte er seinen Blick nicht bemerkt.

»Und Vater?« fragte ihr Gast.

»Hat Probleme mit der Leber«, erwiderte Michał mit einem Lächeln.

Der andere nahm das zur Kenntnis, unterhielt sich mit Michał und fragte ihn aus. Dann sagte er auf einmal:

»Unsere Mutter, sie hat es nicht verstanden, dort zu leben.«

»Und hier, wäre es ihr hier besser ergangen?« fragte Michał zweifelnd.

»Es geht nicht darum, ob besser oder schlechter, sondern wie fest man verwurzelt ist. Ihr Amerika war das aus Comics, mehr hat sie nicht für sich entdeckt. Sie hat sich diesem Land, in dem sie letztlich fast zwanzig Jahre gelebt hat, mit keinem Schritt genähert.«

Michał kippte Wodka in die Gläser, sie stießen an.

»Und wie gefällt es dir bei uns?«

»Ihr seid völlig in eurer Geschichte befangen, das springt einem sofort ins Auge.«

»Klar. Der Kulturpalast ist von weitem zu sehen. Ich erinnere mich gut an die Leute, die ihn gebaut haben. Da war so einer, mit einer Russenmütze und Filzstiefeln. Wie der die Wodkaflaschen geköpft hat, das war ein Gedicht.«

»Darum beneide ich dich. Daß ich nicht hier war. Herkommen und den Touristen spielen, das hätte keinen Sinn gehabt. Aber hier zu sein.«

»O ja, ein interessantes Land. Um nur ein paar Daten zu nennen: sechsundfünfzig, achtundsechzig, siebzig, na und für mich am wichtigsten die Acht mit der runden Null.*

* 1956: Beginn des Tauwetters in Polen, Rückkehr Gomułkas an die Macht; 1968: sog. Märzereignisse, antisemitische Kampagne, Studentenproteste, Parteikämpfe; 1970: Regierungsantritt Giereks nach blutigen Aufständen in Danzig; 1980: Beginn der Solidarność. August 1980: Unterzeichnung des Danziger Abkommens [Anm. d. Ü.].

August, das war für mich ein Turm. Du verdrehst den Kopf und stehst da. Du wartest, stürzt er ein oder nicht. Er steht. Zu hoch, zu dünn, aber er steht. Und plötzlich hast du die Gewißheit, daß er stehenbleibt, auch wenn das den physikalischen Gesetzen und allem sonst Hohn spricht. Und diese wilde Freude, daß es so ist, diese Euphorie, also wirklich, das läßt sich mit nichts vergleichen.«

»Höchstens mit der Freiheit.«

»Höchstens.«

Ja, dort in der Kneipe, in die sie nach dem Friedhof gegangen waren, da hatte es angefangen. Die beiden hatten sich unterhalten, und er schien gar nicht zu existieren. Keiner der beiden drehte auch nur einmal den Kopf in seine Richtung. Sie stießen mit ihren Gläsern an, fielen sich ins Wort, denn beide hatten schon einen sitzen. Er hatte nicht versucht mitzuhalten. Er hatte gewußt, daß Michał sofort jeden seiner Versuche, in die Nähe der Flasche zu kommen, bemerkt hätte. Im übrigen, er mußte nicht trinken, zu Hause hatte er, was er brauchte. Darum ging es doch, daß es ihm zu verdanken war, daß der Amerikaner sich hier befand. Wenn er sich nicht bereit erklärt hätte, Wanda im Familiengrab zu beerdigen, dann hätte es kein Begräbnis gegeben und würden sie jetzt nicht im Restaurant sitzen. Mama hatte recht gehabt, Wandas Chuzpe, immer mehr, möglichst alles für sich zu bekommen, war auf ihre Söhne übergegangen. Jetzt wollen sie ihn sogar um das Privileg bringen, bei Tisch den Vortritt zu haben. Er war ihr Vater!

Wieder redeten sie über Wanda.

»So ist das nun mal mit unserer Familie, jeder hat Federn gelassen«, stellte Michał philosophisch fest.

Eigenartig, wie sich Michał in Anwesenheit des Jüngeren benahm, sogar seine Stimme war verändert. Immer hatte er eine flinke Zunge, jetzt aber überlegte er, zog die Wörter in die Länge, als wäge er jedes einzelne ab.

»Ja, Stefan«, wandte er sich an den Bruder, »du dort, ich hier. Wenigstens lebst du wie ein Mensch.«

»Das ist auch nicht gesagt.«

»Hier, verstehst du, ist es immer so, daß du verlieren mußt, um zu gewinnen, sonst bist du kein Held. Der positive Held muß leiden, es darf ihm nicht einfach so von der Hand gehen. Und ich, verstehst du, ein gewöhnlicher taxi driver, mir gefallen nun mal die starken Menschen, die auch noch ein bißchen Grips im Kopf haben. Deshalb gefällt mir Anders*. Der hat seine Armee genommen und ist los nach Westen. Der Knabe hat gewußt, was er wollte.«

»Hat aber nicht gewonnen.«

»Na ja, gewonnen hat er nicht. Die Macht des Bösen gegen einen einzigen . . .«

»Setz lieber auf Sobieski**, der erfüllt deine Bedingungen. Und er war auch ein Reiter auf weißem Roß.«

Michał schüttelte den Kopf.

»Mir sagt nur die neueste Geschichte was. Früher gab es so einen kollektiven Helden für mich: die Arbeiter von 1980. Hör mal, ich bin eigentlich nicht sentimental, aber als ich damals raus zur Werft und ans Tor kam, hab ich geweint wie ein Schloßhund.«

»Aha, ein Turm.«

»Ein Turm.«

Die Gläser klirrten.

* General Władysław Anders (1892–1970) führte das aus zuvor kriegsgefangenen polnischen Armeeangehörigen bestehende polnische Korps während des Zweiten Weltkriegs aus der Sowjetunion [Anm. d. Ü].

** Jan Sobieski III., König von Polen. Ging als Sieger aus einer entscheidenden Schlacht vor Wien gegen die Türken hervor [Anm. d. Ü.].

Er hatte sich auf ein Gespräch mit dem jüngeren Sohn vorbereitet, hatte die richtigen Worte gesammelt und nach passenden Bildern gesucht. Aber der war überhaupt nicht neugierig, wollte gar nichts wissen. Er war höflich, aber hinter dieser Höflichkeit verbarg sich Gleichgültigkeit. Das war das Schlimmste. Er hätte sich gegen die ihm gemachten Vorwürfe verteidigen können, er hätte es versucht. Damit, daß man ihn einfach übergehen würde, hatte er nicht gerechnet. Für den anderen existierte er nicht. Mehr noch, in gewisser Weise hörte er auch auf, für die eigene Familie zu existieren. Michał nahm ihn kaum wahr, und die Enkelin redete ihn auf einmal mit Großvater an.

Es war ein eigenartiges Treffen gewesen, das zwischen dem Amerikaner und der Kleinen. Sie waren abends zu Besuch gekommen; am Tag nach der Ankunft des jüngeren Sohnes hatten sie ihm auf dessen Wunsch ein Hotelzimmer gefunden, seine Sachen hingebracht und dann in Michałs Auto eine Tour durch Warschau gemacht. Der Tisch war gedeckt, als sie in die Wohnung kamen. Die Schwiegertochter war ganz aufgeregt, frisch vom Friseur, die neue Frisur stand ihr zwar überhaupt nicht, aber ihre Person war auch unwichtig. Wichtig waren die zwei ... Michał hatte die Tür mit seinem Schlüssel geöffnet, sie waren in den Flur getreten und hatten abgelegt. Die Schwiegertochter hatte etwas gesagt, doch niemand hatte zugehört. Die Enkelin und der Ankömmling hatten sich angeschaut. Man hatte sofort gesehen, daß sie ihre Augen nicht mehr voneinander losreißen konnten. Dann hatte sich der Gast zu ihr hingehockt:

»Du heißt Agnieszka?«

»Agnieszka«, bestätigte sie ernsthaft.

»Du bist deiner Oma ähnlich.«

Verständig nickte sie.

»Der Oma Wanda.«

Also so sah das aus! Nicht genug, daß dieser Sohn von Wanda nichts für ihn übrig hatte, jetzt fing er auch noch an, ihm gefährlich zu werden. Zu Michał gewandt erzählte der Amerikaner von seiner Arbeit. Zehn Jahre hat er an irgendeinem ihm wichtigen Buch geschrieben. Und hat es an einen wichtigen Verlag geschickt. Danach war er unzufrieden mit sich selbst gewesen, weil er es so weit oben versucht hatte. Na, aber die Rezensenten hatten ihm alle die besten Noten dafür gegeben.

»Jetzt werde ich ordentlicher Professor.«

»Hat Mutter das noch erlebt?« fragte Michał dumpf.

Der andere verneinte mit einer Kopfbewegung.

»Hätte sie nur gewußt, daß es wenigstens einer ihrer Söhne zu was gebracht hat«, stellte der Ältere fest.

»Sie war mit ihren Sachen beschäftigt, dem, was ich machte, hat sie keine Beachtung geschenkt. Ich war kein Engel, das ist wahr, weißt du, Heim für schwererziehbare Kinder. Später, als ich fünfzehn war, bin ich aufs College. Ich war zwei Jahre jünger als meine Kameraden. Das war wohl eher ein Fehler.«

»Fehler auf Fehler und noch ein Fehler obendrauf, das ist unser Leben, nimm es dir also nicht zu Herzen. Schau unseren Papa an, er war ein Meister der Fehler und Irrtümer. Willst du dich irren, willst, daß dir was nicht gelingt, drisch blindlings aufs liebe Väterchen ein.« Michał streckte seine Hand über den Tisch. »So war's doch, Papa? Stimmt's?«

»Du hast zuviel getrunken«, sagte er und schob die Hand beiseite.

»Da bin ich nicht der erste und nicht der letzte.«

Er hob sein Glas.

»Es waren einmal zwei Brüder, der eine war klug und reich, der andere arm und dumm«, er machte eine kurze

Pause und fuhr dann böse fort: »Und es geschieht ihm recht!«

»Laß schon gut sein«, der Ankömmling legte Michał den Arm um die Schulter. »Reg dich nicht auf. Es lohnt nicht.«

Michał machte sich los.

»Ich rege mich aber auf. Ich heile meine Komplexe, bei euch ist die Psychoanalyse doch Mode. Hab ich recht? Na gut, fangen wir anders an: Es waren einmal Großpapa und Großmama, und die sagten sich: Wir haben zwei Kinder, du nimmst eines, ich das andere. Und so geschah's dann auch. Der eine bekam eine Silbermünze in die Hand gedrückt, der andere eine Kupfermünze. Rate mal, wer welcher ist?«

Jetzt hängte sich Michał an den jüngeren Bruder.

»Ich ... was soll ich«, fing der an, »Kosmopolit ohne Wurzeln. Deine Kupfermünze hat dir trotz allem mehr Glück gebracht.«

»Hat sie nicht, damit du es weißt, hat sie nicht.«

Er trank zwei Wodkas hintereinander, und schon war es ihm nicht mehr so unangenehm, sich diesen Schwachsinn anzuhören. Worüber redeten die eigentlich? Diese zwei Grünschnäbel. Was wußten die schon. Michał, was für ein Chaos der im Kopf hatte, und genauso der andere. Zygmunt hätte denen viel erklären können, gerade der. Mit offenem Mund hätten beide Zygmunt zugehört.

»Auf deine Gesundheit, den zuverlässigen Kameraden«, brachte er im Geiste einen Toast aus. »Und auf deine auch, Frau ...«

Der Tag ihrer Hochzeit ... der Likör des Pfarrers hatte sich angenehm in den Adern verteilt. Er war vor das Haus getreten, für Ende September war es ein ungewöhnlich warmer Abend gewesen, am Zaun hatten verspätete Grillen gezirpt. Er hatte sich auf die Bank gesetzt und eine Zigarette geraucht. Vom Gartentor war ein Mädchen mit einem Zuber gekommen, er war ihr in die Ställe nachgelaufen. Sie hatte sich gern auf einen Schwatz mit ihm eingelassen. Nachdem sie die Milch weggebracht hatte und wieder in der Küchentür erschienen war, hatte er sie bei der Hand gefaßt. Sie war ohne Widerstand mit ihm zur Scheuer gegangen, wo noch die Reste des vorjährigen Strohs lagen.

Der Körper des Mädchens war ihm wie ein wunderschönes Gefäß erschienen. Er hatte es in den Händen gehalten. Ihre Feuchtigkeit hatte die zärtlichsten Saiten in ihm angerührt, im Vorgefühl der Lust hatte er kurz aufgestöhnt. Die strammen Schenkel hatten sich gespreizt, er hatte sich zwischen sie geschoben, und alles um ihn her war verschwommen. Nachher erinnerte er sich nicht mehr so genau, was geschehen war. Wie Wandas Tante ihnen nachgespürt hatte. Das Mächen hatte sich ihm entwunden, doch die Alte hatte ihr den Weg verstellt. Ohne viel Worte hatte sie ihr ins Gesicht geschlagen und sie dann aus der Scheuer gejagt.

»Ein paar Stunden ist es her, daß du vor Gott getreten bist«, hatte sie angefangen. »Paß auf, daß Er dich nicht bestraft.«

»Dann stehst du wohl in freundschaftlichen Beziehungen zu ihm, Tante.«

Die Stimme hatte ihm versagt. Er fühlte sich erniedrigt und zerschlagen.

Am nächsten Tag war es ihm schwergefallen, mit dieser Frau an einem Tisch zu sitzen. Er war sich nicht sicher, ob sie Wanda gegenüber nicht eine Andeutung gemacht hatte. Aber anscheinend besaß sie genug Verstand. Wanda genoß die Rolle der Braut in vollen Zügen und war überglücklich. Als der Pfarrer und Wanda gerade mal weg waren, hatte die Tante aus einer Truhe einen Stoffetzen geholt und ihm unter die Augen gehalten:

»In der Scheuer hab ich gefunden, was ihr verloren habt«,

sagte sie, und dann hatte sie den Herdring beiseite geschoben und das Stück Stoff ins Feuer geworfen. »Es freut dich vielleicht zu wissen, daß du nicht der einzige bist, für den Regina ihre Schlüpfer verliert. Sie hat so eine Krankheit, daß sie es mit jedem treiben muß. Im Dorf weiß man das.«

Erst da war ihm richtig mulmig geworden.

Diese Szene von vor Jahren, dieser unwiderlegbare Beweis seiner Untreue, machte ihm bewußt, daß er keiner Sache jemals gewachsen gewesen war, immer war er zu jung gewesen. Und so war es geblieben, nicht mal dem eigenen Alter war er gewachsen. Sie dagegen, Wanda... In einem ihrer Hefte mit den Aufzeichnungen hatte ein Stück Papier gelegen. Ein Brief, mit kindlicher Schrift geschrieben. Auf englisch. Er hielt einen Brief seines Sohnes in Händen und konnte ihn nicht lesen. Das empfand er als die größte Niederlage. Er hätte es nicht zulassen dürfen, daß sie das Kind mitgenommen hatte. Die Tatsache, daß sein Sohn nicht »Ula spielt Ball« ins Schulheft geschrieben hatte, war für ihn das Tragischste, was seiner Familie zugestoßen war.

Er mußte herauskriegen, was in dem Brief stand.

Liebe Mama,
nachdem du weg warst, habe ich »Das Leben großer Männer« von Plutarch gelesen. Ich würde auch gerne so etwas schreiben, ich stelle mir sogar schon eine Bibliographie zusammen. Mr. Seelby hat gesagt, das sei eine tolle Idee, und hat versprochen, mir zu helfen. Du wirst sehen, Mama, ich werde berühmt. Natürlich schreibe ich das anders, gar kein Vergleich. Hier bin ich mit ihm nicht einverstanden. Jeder Mensch ist verschieden, und das macht ihn so interessant. Die Römer hielten sich für die Erben der Griechen, das ist wahr. Aber es ist eine Sache, aus etwas zu schöpfen, und eine andere, sich an etwas anzugleichen. Aus etwas zu schöpfen

bedeutet, sich zu bereichern, sich anzugleichen bedeutet, seine Eigenheiten zu verlieren. Man darf nichts verlieren, die Menschen haben sehr wenig Zeit.

Ich küsse dich also, liebe Mama, du bist wahrscheinlich schon auf der Autobahn. Ich habe ausgerechnet, daß du auf der Höhe von B. sein müßtest. Da ist es nicht mehr weit bis nach Hause. Ich werde jetzt weiterlesen, ich bin jetzt bei Perikles und Fabius Maximus.

Dein Sohn Stefan

Die Typen der Schreibmaschine hatten auf dem Papier die Bekenntnisse des Sohnes aus längst vergangenen Zeiten verewigt, recht sonderbare Bekenntnisse, besonders, wenn man das Alter des Jungen bedachte. Was mochte Wanda von alledem verstanden haben. Ein unglückseliger Tausch, war es ihm durch den Kopf gegangen. Michał hätte bei ihr sein sollen. Auch ihr wäre es mit einem normalen Kind leichter ums Herz gewesen. Wenn er dagegen den jüngeren Sohn bei sich gehabt hätte, dann hätte sein Leben einen Sinn bekommen. Der zweite Stefan Gnadecki hätte alles in dem ersten korrigiert. Aber das Schicksal hatte die Fäden verhaspelt, und alle, die ganze Familie, alle hatten sie die falschen Bewegungen gemacht. Und doch war Wanda, trotz allem war sie ...

»Ihr wißt gar nichts«, sagte er laut, und die Söhne drehten sich zu ihm um. »Eure Mutter ...«

Maria Nurowska

Spanische Augen

Roman

Aus dem Polnischen von Albrecht Lempp

Band 13194

Mit dem Satz »Schlimmer als die Deutschen können sie eigentlich auch nicht sein« beginnt der Roman und gleichzeitig auch die Odyssee der Polin Anna. Der Zweite Weltkrieg ist kaum zu Ende, da wird sie von zu Hause abgeholt. Erst allmählich merkt sie, wohin die Reise geht: ins Lager nach Sibirien. Die Mitglieder der Heimatarmee, einer antikommunistischen Untergrundorganisation, die im Krieg gegen die Deutschen gekämpft hatte, wurden nach Kriegsende auf Befehl Stalins verfolgt, verbannt, umgebracht. Anna überlebt, doch nach einer brutalen Vergewaltigung im Lager schwanger geworden, kehrt sie aus der Verbannung mit einem Kind zurück. Der Roman spielt in den 80er Jahren. Die Schrecken des Krieges und der Nachkriegszeit gehören der Vergangenheit an. Anna ist eine beliebte Schauspielerin und gefragte Übersetzerin. Ihre Tochter Ewa, die nichts von ihrer Herkunft weiß, hat mittlerweile selbst ein Kind. Wie in einer Wiederholung des Schicksals ihrer Mutter entwickelt Ewa keine emotionale Bindung an ihren kleinen Sohn. Dagegen holt Anna in der Beziehung zu ihrem Enkel nach, was sie der Tochter an Zuneigung und Nähe vorenthalten hat. Das komplizierte Verhältnis zwischen Mutter und Tochter, die eine zerstörerische Haßliebe aneinander fesselt, ist denn auch das zentrale Thema des Buches. Ein kunstvoll komponierter Roman, frei von Pathos und Sentimentalität, psychologisch stimmig und von großer Glaubwürdigkeit.

Fischer Taschenbuch Verlag

fi 6000 / 3

Maria Nurowska

Postscriptum für Anna und Maria

Roman

Aus dem Polnischen von Albrecht Lempp

Band 10309

Die Polin Anna Lazarska hat ihren sterbenden Vater und ihr Land verlassen. Im Tagebuch ihres Vaters entdeckte sie, daß sie nicht wirklich Anna ist, sondern die Jüdin Miriam Zarg. Als einjähriges Kind war sie im besetzten Warschau außerhalb der Ghettomauer gefunden und von ihrem Retter als Anna aufgezogen worden. Sie hat Schwierigkeiten, mit ihrer neuen Identität fertigzuwerden, und kann es ihrem »Vater« nicht verzeihen, sie nie über ihre Herkunft aufgeklärt, nie wirklich mit ihr gesprochen zu haben. Sie entdeckt, daß sie eine Schwester hat, die in Amerika lebt. In Briefen erfährt sie von ihr mehr über das Schicksal ihrer Familie während des Krieges. Doch sie scheut sich, ihre neue Identität anzunehmen und ihre Schwester zu besuchen. Sie kommt bis Köln. Dort igelt sie sich in einer kleinen Pension ein. Ein deutscher Journalist wird auf sie aufmerksam. Er versucht, ihr bei der Suche nach ihrer Identität zu helfen. Zu spät. Anna begeht Selbstmord. Der Journalist rekonstruiert aus den Materialien, die er in Annas Zimmer findet, ihr Leben. Es ist das zweigeteilte Schicksal einer polnischen Jüdin, die zu Beginn der 80er Jahre vom Geschehen des Zweiten Weltkrieges eingeholt wird und in Deutschland vergeblich versucht, mit sich selbst und der eigenen Geschichte ins reine zu kommen.

Fischer Taschenbuch Verlag

fi 1638 / 3